春秋時吳國的銅尊——一種酒器，江蘇武進出土。吳王夫差和西施飲宴之時，或許用過這一類銅尊裝酒。

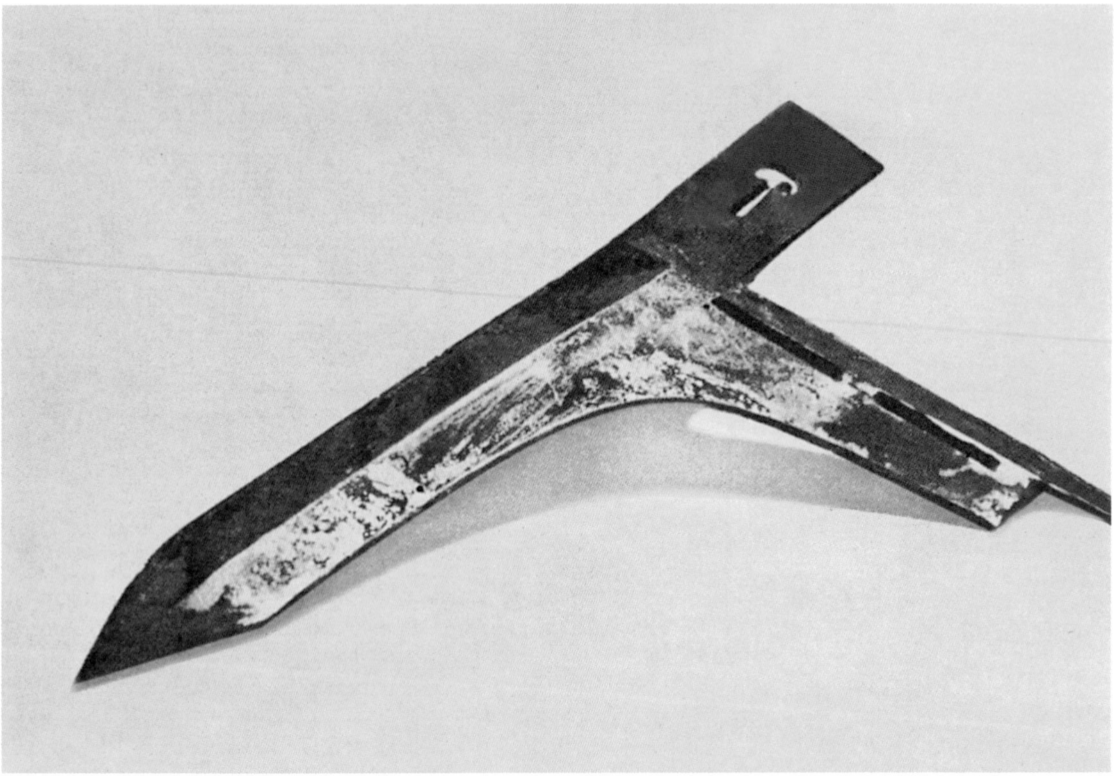

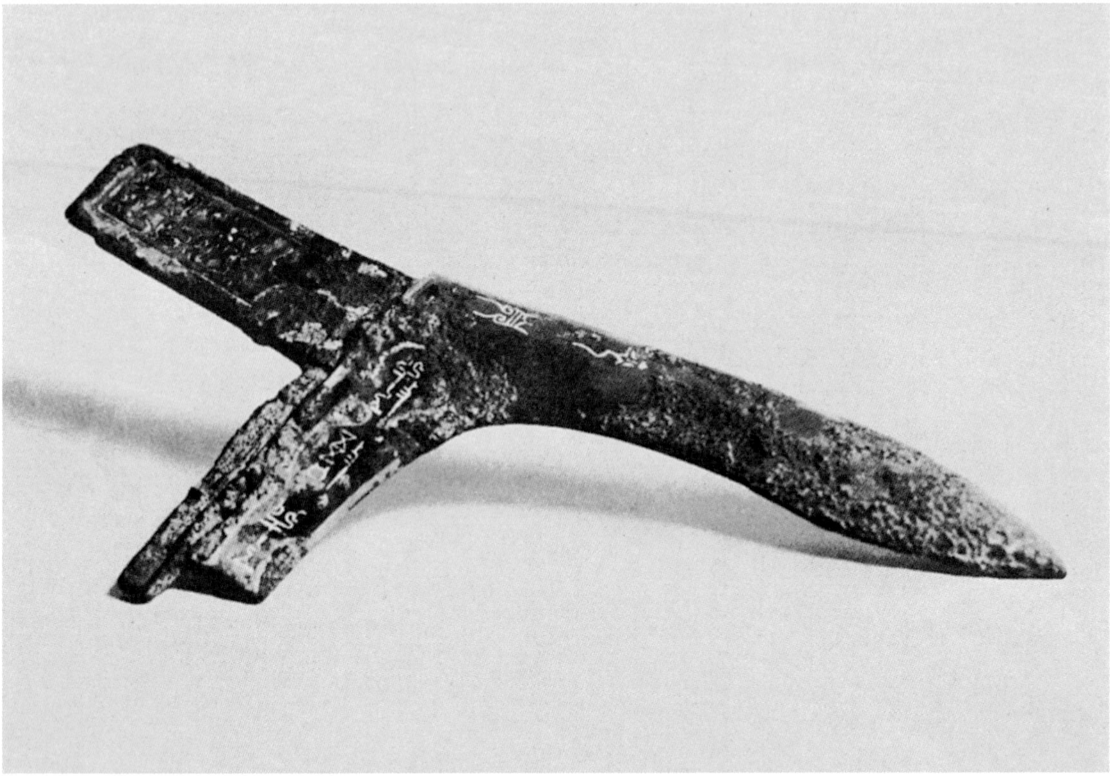

春秋時吳國武士所用的戈，裝在柄上，是一種長形武器。

吳王夫差為西施所建的館娃宮遺址，在蘇州靈岩。圖中房屋自然是後來所建。

銅鏡，東漢時所鑄。左為吳王夫差坐於帷中，上為伍子胥自刎時怒髮衝冠之狀，下為越王勾踐持節，范蠡席地而坐。

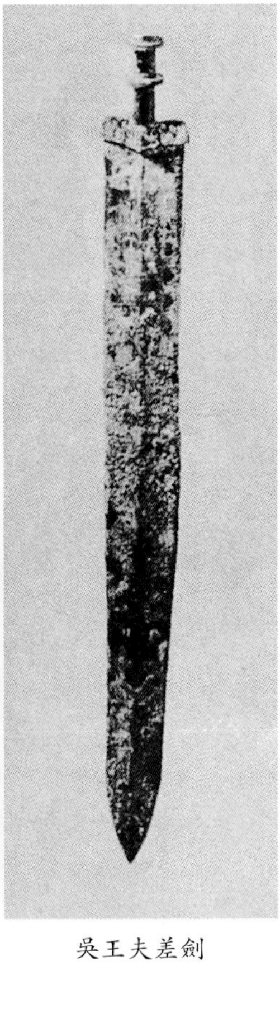

吳王夫差劍

春秋時武士的銅盔——遼寧出土，當是燕國武士所用。

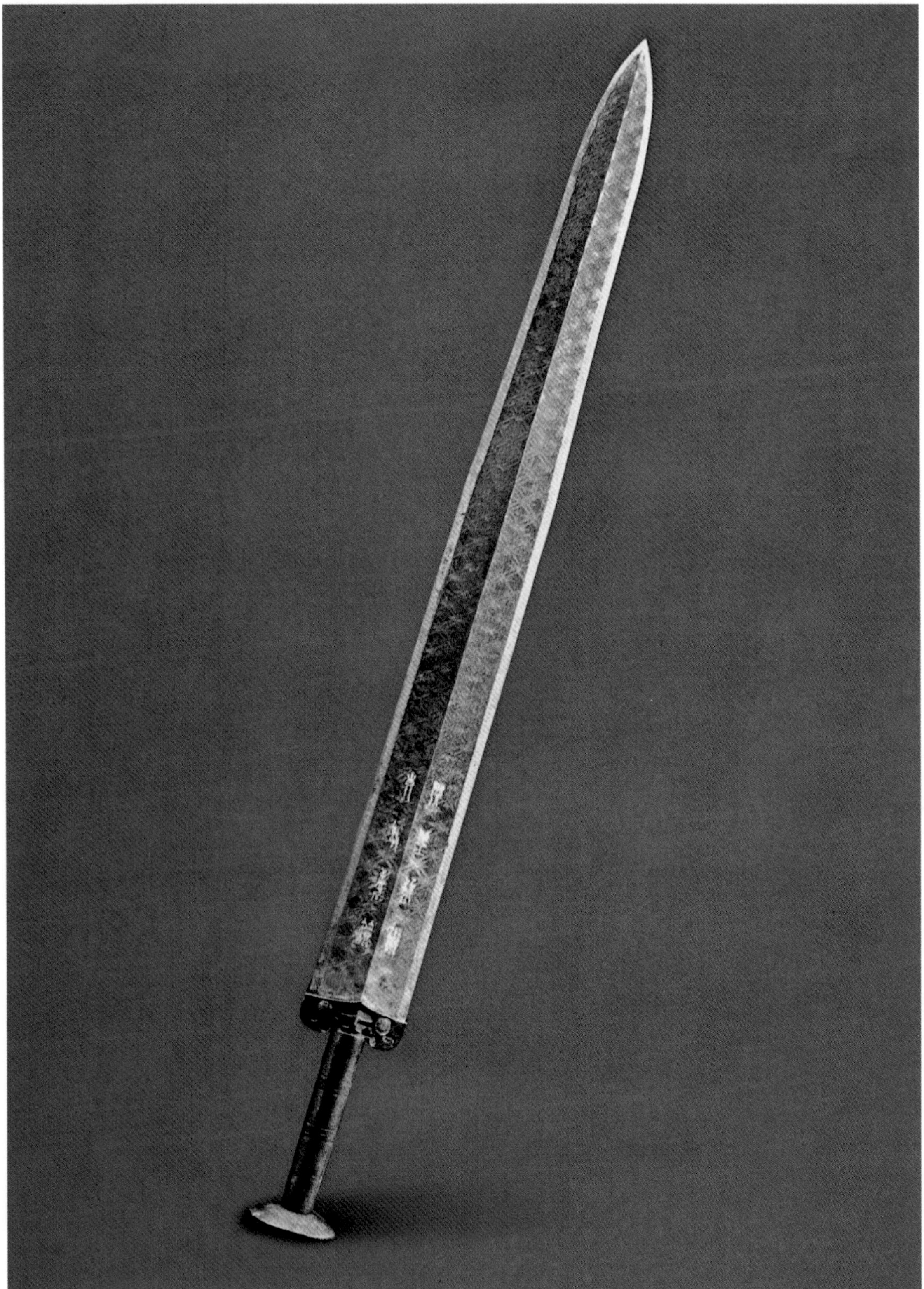

越王勾踐劍——近年在湖北省楚墓出土。

越王與夷劍。與夷是勾
踐的兒子。

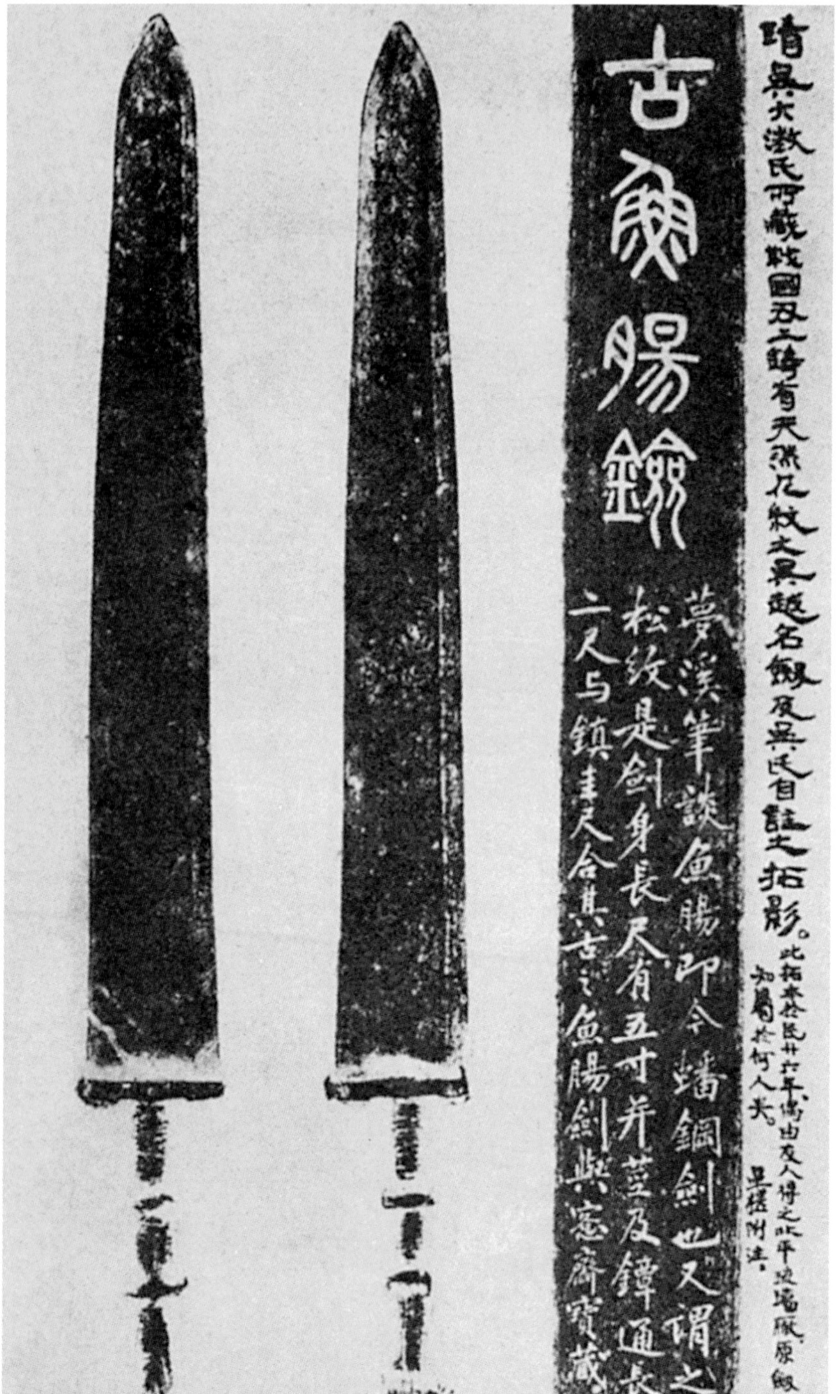
古魚腸鐱
夢溪筆談魚腸即今蟠鋼劍也又謂之
松紋是劍身長尺有五寸并莖及鐔通長
二尺与鎮圭尺合其古之魚腸劍與蹇齋寶藏

魚腸劍圖——吳王闔閭（夫差的父親）為公子時，用伍子胥的計策，利用刺客專諸，以魚腸劍刺死堂弟王僚，奪得王位。

干將、莫邪鑄劍之劍池飛瀑——在浙江莫干山，莫干山即因干將、莫邪而得名。
干將、莫邪是夫妻，鑄劍名手，曾為吳王闔閭鑄劍。

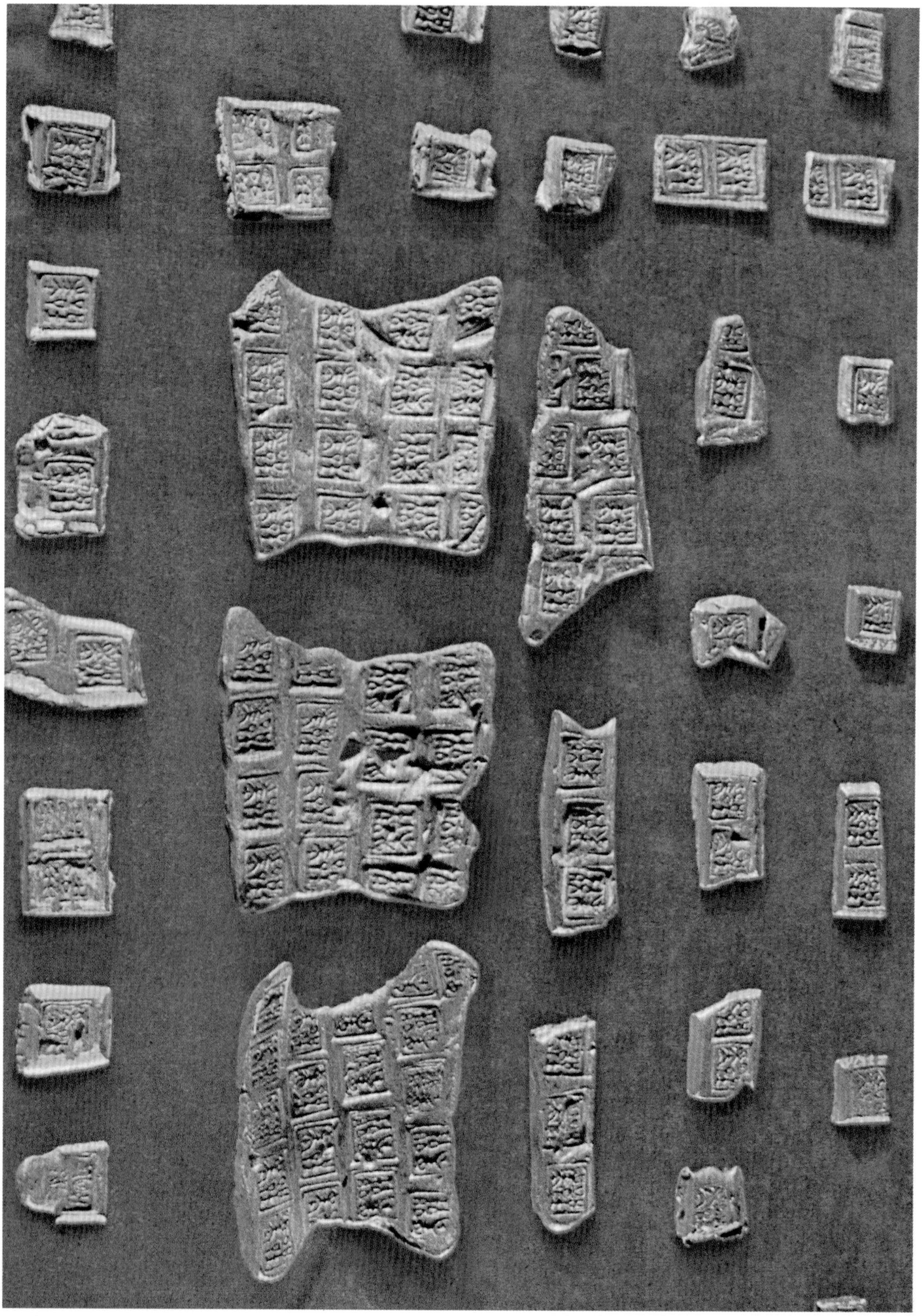

楚國的金幣——文種和范蠡本來都在楚國做官，可能使用過這一類金幣。

任渭長繪「越大夫范蠡」——任熊，字渭長，浙江蕭山人，清末著名畫家，善畫人物，畫宗陳老蓮，所繪版畫甚有名。本圖錄自《於越先賢傳》，刻工為蔡照初，刀法精練圓熟，鐫刻極佳。本書所錄「卅三劍客圖」均為任渭長繪，蔡照初刻，是中國版畫中難得的精品。

任渭長繪「越女西施」，錄自《於越先賢傳》。

大字版
俠客行

金庸

④越女劍

大字版金庸作品集54

俠客行 (4)越女劍 「公元2004年金庸新修版」

Ode to the Gallantry, Vol. 4

作　者／金　庸

封面設計／唐壽南　內頁插畫／王司馬

發 行 人／王 榮 文
出版・發行／遠流出版事業股份有限公司
臺北市中山北路一段11號13樓
電話／2571-0297　傳真／2571-0197　郵撥／0189456-1

□2004年9月16日　初版一刷
□2022年3月16日　二版三刷

大字版　每冊380元（本作品全四冊，共1520元）
〔另有典藏版共36冊（不分售），平裝版共36冊，新修版共36冊，新修文庫版共72冊〕

ISBN　978-957-32-8499-4（套：大字版）
ISBN　978-957-32-8498-7（第四冊：大字版）
Printed in Taiwan

YLib 遠流博識網
http://www.ylib.com　E-mail:ylib@ylib.com

目錄

石破天將阿綉攔腰抱住，右掌急探，在史婆婆背上一托一帶，借力轉力，史婆婆的身子便穩穩向海船中飛去。

廿一 「我是誰？」

在俠客島上住過十年以上之人，對圖譜沉迷已深，於石壁之毀，無不痛惜。更有人自怨自艾，深悔何不及早抄錄摹寫下來。海船中自撞其頭者有之，自搥其胸者有之。但新來的諸人想到居然能生還故土，卻是欣慰之情遠勝於惋惜了。

眼見俠客島漸漸模糊，石破天突然想起一事，不由得汗流浹背，頓足叫道：「糟糕，糟糕！爺爺，今……今天是幾……幾月初……初幾啊？」

白自在一驚，大叫：「啊喲！」根根鬍子不絕顫動，道：「我……我不……不知道，今……今天是幾月初……初幾？」

丁不四坐在船艙的另一角中，問道：「甚麼幾月初幾？」

石破天問道：「丁四爺爺，你記不記得，咱們到俠客島來，已有幾天了？」丁不四道：「一百天也好，兩百天也好，誰記得了？」

石破天大急，幾乎要流出眼淚來，問高三娘子道：「咱們是臘月初八到的，此刻是三月裏了罷？」高三娘子屈指計算，道：「咱們在島上過了一百一十五日。今天不是四月初五，便是四月初六。」

石破天和白自在齊聲驚呼：「是四月？」高三娘子道：「自然是四月了！」

白自在搥胸大叫：「苦也，苦也！」

丁不四哈哈大笑，道：「甜也，甜也！」

石破天怒道：「丁四爺爺，婆婆說過，她只等三個月，倘若三月初八不見白爺爺回去，她便投海自盡，你……你又有甚麼好笑？阿綉……阿綉也說要投海……」丁不四一呆，道：「她說在三月初八投海？今……今天已是四月……」石破天哭道：「是啊，那……那怎麼辦？」

丁不四怒道：「小翠在三月初八投海，此刻已死了二十幾天啦，還有甚麼法子？她脾氣多硬，說過是三月初八跳海，初七不行，初九也不行，三月初八便是三月初八！白自在，他媽的你這老畜生，你……你爲甚麼不早早回去？你這狗養的老賊！」

白自在不住搥胸，叫道：「不錯，我是老混蛋，我是老賊。」丁不四又罵：「你這狗雜種，該死的狗雜種，爲甚麼不早些回去？」石破天哭道：「不錯，我當眞該死。」

突然一個尖銳的女子聲音說道：「史小翠死也好，活也好，又關你甚麼事了？憑甚麼要你來罵人？」說話的正是那姓梅的蒙臉女子。丁不四一聽，這才不敢再罵下去，但兀自嘮叨不絕。

白自在卻怪起石破天來：「你既知婆婆三月初八要投海，怎地不早跟我說？你這小混蛋太也胡塗，我……我扭斷你脖子。」石破天傷心欲絕，不願置辯，任由他抱怨責罵。

其時南風大作，海船起了三張帆，航行甚速。白自在瘋瘋顛顛，只痛罵石破天。丁不四卻不住和他們鬥口，兩人幾次要動手相打，都為船中旁人勸開。

到第三天傍晚，遠遠望見海天相接處有條黑線，眾人瞧見了南海之濱的陸地，都歡呼起來。白自在卻雙眼發直，儘瞧著海中碧波，似要尋找史婆婆和阿繡的屍首。

座船漸漸駛近，石破天極目望去，依稀見到岸上情景，宛然便和自己離開時一般無異，海灘上是一排排棕櫚，右首懸崖凸出海中，崖邊三棵椰樹，便如三個瘦長的人影。他想起四個月前離此之時，史婆婆和阿繡站在海邊相送，今日爺爺和自己無恙歸來，師父和阿繡卻早已葬身魚腹，屍骨無存了，想到此處，不由得淚水潸潸而下，望出去時已一片模糊。

海船不住向岸邊駛去，忽然間一聲呼叫，從懸崖上傳了過來，眾人齊向崖上望去，只見兩個人影，一灰一白，從崖上雙雙躍向海中。

石破天遙見躍海之人正是史婆婆和阿綉，這一下驚喜交集，委實非同小可，其時千鈞一髮，那裏還顧到去想何以她二人居然未死？隨手提起一塊船板，用力向二人落海處擲去，跟著雙膝一彎，全身力道都聚到足底，拚命撐出，身子便如箭離弦，激射而出。

他在俠客島上所學到的高深內功，登時在這一撐一躍中使了出來。眼見船板落海著水，自己落足處和船板還差著幾尺，左足凌空向前跨了一大步，已踏上了船板。當眞是說時遲，那時快，他左足踏上船板，阿綉的身子便從他身旁急墮。石破天左臂伸出，將她攔腰抱住。兩人的身重再加上這一墮之勢，石破天雙腿向海中直沉下去，眼見史婆婆又在左側跌落，當下右掌急探，在她背上一托一帶，借力轉力，使出石壁上「銀鞍照白馬」中的功夫，史婆婆的身子便穩穩向海船中飛去。這麼一使力，石破天下半身便沉入了海中，他提氣上躍，待船板浮起，又再抱著阿綉輕輕踏上。

船上衆人齊聲大呼。白自在和丁不四早已搶到船頭，眼見史婆婆飛到，兩人同時伸手去接。白自在喝道：「讓開！」左掌向丁不四拍出。丁不四欲待回手，不料那蒙面女子伸掌疾推，手法甚是怪異，噗咚一聲，丁不四登時跌入海中。

便在此時，白自在已將史婆婆接住，沒想到這一飛之勢中，包含著石破天雄渾之極的內力，白自在站立不定，退了一步，喀喇一聲，雙足將甲板踏破了一個大洞，跟著坐倒，卻仍將史婆婆抱在懷中，牢牢不放。

石破天抱著阿繡，借著船板的浮力，淌到船邊，躍上甲板。丁不四幸好識得水性，一面划水，一面破口大罵。船上水手拋下繩索，將他吊上來。衆人七張八嘴，亂成一團。丁不四全身濕淋淋地，呆呆的瞧著那蒙面女子，突然叫道：「你……你不是她妹子，你就是她，就是她自己！」

那蒙面女子不住冷笑，陰森森的道：「你膽子這樣大，當著我的面，竟敢去抱史小翠！」丁不四嚷道：「你……你自己就是！你推我落海這一招……這招『飛來奇峯』，天下就只你一人會使。」

那女子道：「你知道就好。」一伸手，揭去面幕，露出一張滿是皺紋的臉來，雖容貌甚老，但眉淸目秀，膚色極白，想是面幕遮得久了，不見日光之故。

丁不四道：「文馨，文馨，果然是你！你……你怎麼騙我說已經死了？」

這蒙面女子姓梅，名叫梅文馨，是丁不四昔年的情人。兩人生了一個女兒，便是梅芳姑。但丁不四苦戀史小翠，中途將梅文馨遺棄，事隔數十年，竟又重逢。

梅文馨左手一探，扭住了丁不四的耳朵，尖聲道：「你只盼我早已死了，這才快活，是不是？」丁不四內心有愧，不敢掙扎，苦笑道：「快放手！衆英雄在此，有甚麼好看？」梅文馨道：「我偏要你不好看！我的芳姑呢？還我來！」丁不四道：「快放手！龍島主查到她在熊耳山枯草嶺，咱們這就找她去。」梅文馨道：「找到孩子，我才放你，倘若找不到，把你兩隻耳朵都撕了下來！」

吵鬧聲中，海船已然靠岸。石清夫婦、白萬劍與雪山派的成自學等一干人都迎了上來，眼見白自在、石破天無恙歸來，史婆婆和阿綉投海得救，都歡喜不盡。只成自學、齊自勉、梁自進三人心下失望，卻也只得強裝笑臉，趨前道賀。

船上衆家英雄都歸心似箭，雙腳一踏上陸地，便紛紛散去。范一飛、呂正平、風良、高三娘子四人千恩萬謝的別過石破天，自回遼東。

白萬劍對父親道：「爹，娘早在說，等到你三月初八再不見你回來，便要投海自盡。今日正是三月初八，我加意防範，那知道娘竟突然出手，點了我穴道。謝天謝地，你若遲得半天回來，就見不到媽媽了。」白自在奇道：「甚麼？你說今天是三月初八？」

白萬劍道：「是啊，今日是初八。」白自在又問一句：「三月初八？」白萬劍點頭道：「是三月初八。」白自在伸手不住搔頭，道：「我們臘月初八到俠客島，在島上就了一百多天，怎地今日仍是三月初八？」白萬劍道：「你老人家忘了，今年閏二月，有兩個二月。」

此言一出，白自在恍然大悟，抱住了石破天，道：「好小子，你怎不早說？哈哈，哈哈！這閏二月，當眞閏得好！」石破天問道：「甚麼叫閏二月？爲甚麼有兩個二月？」

白自在笑道：「你管他兩個二月也好，有三個二月也好，只要老婆沒死，師父沒死，便有一百個二月也不相干！」眾人放聲大笑。

白自在一轉頭，問道：「咦，丁不四那老賊呢，怎地溜得不知去向了？」史婆婆笑道：「你管他幹甚麼？梅文馨扭了他耳朵，去找他們的女兒梅芳姑啦！」

「梅芳姑」三字一出口，石清、閔柔二人臉色陡變，齊聲問道：「你說是梅芳姑？到甚麼地方去找？」

史婆婆道：「剛才我在船中聽那姓梅的女子說，他們要到熊耳山枯草嶺，去找他們的私生女兒梅芳姑。」

閔柔顫聲道：「謝天謝地，終於……終於打聽到了這女子的下落。師哥！咱們……咱們趕著便去。」石清點頭道：「是。」二人當即向白自在等人作別。

白自在嚷道：「大夥兒熱熱鬧鬧的，最少也得聚上十天半月，誰也不許走。」

石清道：「白老伯有所不知，這個梅芳姑，便是姪兒夫婦的殺子大仇人。我們東打聽，西尋訪，在江湖上找了她一十八年，得不到半點音訊，今日既然得知，便須急速趕去，遲得一步，只怕又給她躲了起來。」

白自在拍腿嘆道：「這女子殺死了你們的兒子？豈有此理，不錯，非去將她碎屍萬段不可。你們的事就是我的事，去去去，大家一起去。石老弟，有丁不四那老兒護著那個女賊，梅文馨這老太婆家傳的『梅花拳』也頗爲厲害，你也得帶些幫手，才能報得此仇。」白自在與史婆婆、阿綉劫後重逢，心情奇佳，此時任何人求他甚麼事，他都會一口答允。

石清、閔柔心想梅芳姑有丁不四和梅文馨撐腰，此仇確是難報，難得白自在仗義相助，當眞求之不得。上清觀的掌門人天虛道人坐在另一艘海船之中，尚未抵達，石清夫婦報仇心切，不及等他，便即啓程。

石破天和阿綉自是隨著衆人一同前往。

不一日，一行人已到熊耳山。那熊耳山是在豫西盧氏縣和陝東商州之間，方圓數百里，不知枯草嶺是在何處。衆人找了數日，全無蹤影。

白自在老大的不耐煩，怪石清道：「石老弟，你玄素雙劍是江南劍術名家，武功雖及不上我老人家，也已不是泛泛之輩，怎地會連個兒子也保不住，讓那女賊殺了？那女賊又跟你有甚麼仇怨，卻要殺你兒子？」

石清嘆了口氣，道：「此事也是前世的冤孽，一時不知從何說起。」

閔柔忽道：「師哥，你……你會不會故意引大夥兒走錯路？你如眞的不想去殺她爲堅兒報仇……我……我……」說到這裏，淚珠兒已點點洒向胸襟。

白自在奇道：「爲甚麼又不想去殺她了？啊喲，不好！石老弟，這個女賊相貌很美，從前跟你有些不清不白，是不是？」石清臉上一紅，道：「白老伯說笑了。」白自在向他瞪視半晌，道：「一定如此！這女賊吃醋，因此下毒手殺了閔女俠跟你生的兒子！」白自在逢到自己的事腦筋極不清楚，推測別人的事倒一夾便中。

石清無言可答。閔柔道：「白老伯，倒不是我師哥跟她有甚麼曖昧，那……那姓梅的女子單相思，我師哥不理她，她由妒生恨，遷怒到孩子身上，我……我那苦命的孩兒……」

突然之間，石破天大叫一聲：「咦！」臉上神色十分古怪，又道：「怎麼……怎麼在這裏？」拔足向左首一座山嶺飛奔而上。原來他驀地裏發覺這山嶺的一草一木都十分熟悉，竟是他自幼長大之地，只是當年他從山嶺的另一邊下來，因此一直未曾看出。

他此刻的輕功何等了得，轉瞬間便上了山嶺，繞過一片林子，到了幾間草屋之前。只聽得狗吠聲響，一條黃狗從屋中奔將出來，撲向他的肩頭。石破天一把摟住，喜叫：「阿黃，阿黃！你回來了。我媽媽呢？」大叫：「媽媽，媽媽！」

只見草屋中走出三個人來，中間一個女子面容奇醜臃腫，正是石破天的母親，兩旁一個是丁不四，一個是梅文馨。

石破天喜叫：「媽！」抱著阿黃，走到她身前。

那女子冷冷的道：「你到那裏去啦？」

石破天道：「我……」忽聽得閔柔的聲音在背後說道：「梅芳姑，你化裝易容，難道便瞞得過我了？你便逃到天涯……天……涯……我……我……」石破天大驚，躍身閃開，道：「石夫人，你……你弄錯了，她是我媽媽，不是殺你兒子的仇人。」

石清奇道：「這女人是你的媽媽？」石破天道：「是啊。我自小和媽媽在一起，就是……就是那一天，我媽媽不見了，我等了幾天不見她回來，到處去找她，越找越遠，迷了路不能回來。阿黃也不見了。你瞧，這不是阿黃嗎？」他抱著黃狗，十分歡喜。

石清轉向那腫臉女子說道：「芳姑，既然你自己也有了兒子，當年又何必來殺害我的孩兒？」他語聲雖然平靜，但人人均聽得出，話中實充滿了苦澀之意。

那腫臉女子正是梅芳姑。她冷冷一笑，目光中充滿了怨恨，說道：「我愛殺誰，便殺了誰，你……你又管得著麼？」

石破天道：「媽，石莊主、石夫人的孩子，當眞是你殺死的麼？那……那爲甚麼？」

梅芳姑冷笑道：「我愛殺誰，便殺了誰，又有甚麼道理？」

閔柔緩緩抽出長劍，向石清道：「師哥，我也不用你爲難，你站在一旁罷。我如殺不了她，也不用你出手相幫。」

石清皺起了眉頭，神情甚爲苦惱。

白自在道：「丁老四，這位梅文馨梅大姐，算是你夫人吧？咱們話說在先，你夫妻倘若乖乖的站在一旁，大家都乖乖的站在一旁。你二個若要動手相助你們的寶貝女兒，石老弟請我白自在夫妻到熊耳山來，也不是叫我們來瞧熱鬧的。」

丁不四見對方人多，突然靈機一動，道：「好，一言爲定，咱們大家都不出手。你們這邊是石莊主夫婦，他們這邊是母子二人。雙方各是一男一女，大家見個勝敗便是。」他和石破天動過幾次手，知道這少年武功遠在石淸夫婦之上，有他相助，梅芳姑決計不會落敗。

閔柔向石破天瞧了一眼，道：「小兄弟，你不許我報仇，是不是？」

石破天道：「我……我……石夫人……我……」突然雙膝跪倒，叫道：「我跟你磕頭，石夫人，你良心最好的，請你別傷我媽媽。我……我也叫你做媽媽好了！」說著連連磕頭，咚咚有聲。

梅芳姑厲聲喝道：「狗雜種，站起來，誰要你爲我向這賤人求情？」

閔柔突然心念一動，問道：「你爲甚麼這樣叫他？他……他是你親生的兒子啊。莫非……莫非……」轉頭向石淸道：「師哥，這位小兄弟的相貌和玉兒十分相像，莫非是你和梅小姐生的？」她雖身當此境，說話仍然斯文有禮。

石淸連忙搖頭，道：「不是，不是，那有此事？」

白自在哈哈大笑，說道：「石老弟，你也不用賴了，當然是你跟她生的兒子，否則天下那有一個女子，會把自己的兒子叫作『狗雜種』？這位梅姑娘心中好恨你啊。」

閔柔彎下腰去，將手中長劍放在地下，道：「你們一家三人團圓相聚，我……我要去了。」說著轉過身去，緩緩走開。

石清大急，一把拉住她手臂，厲聲道：「師妹，你若有疑我之意，我便先將這賤人殺了，明我心跡。」閔柔苦笑道：「這孩子不但和玉兒一模一樣，跟你也像得很啊。」

石清長劍挺出，便向梅芳姑刺了過去。那知梅芳姑並不閃避，挺胸就戮。眼見這一劍便要刺入她胸中，石破天伸指彈去，錚的一聲，將石清的長劍震成兩截。

梅芳姑慘然笑道：「好，石清，你要殺我，是不是？」

石清道：「不錯！芳姑，我明明白白的再跟你說一遍，在這世上，我石清心中便只閔柔一人。我石清一生一世，從未有過第二個女人。你心中倘若對我好，我雖感激，但那也只害了我。這話在二十二年前我曾跟你說過，今日仍是這麼幾句話。」他說到這裏，聲轉柔和，說道：「芳姑，你兒子已這般大了。這位小兄弟爲人正直，武功卓絕，數年之內，便當名動江湖，爲武林中數一數二的人物。他爹爹到底是誰？你怎地不跟他明言？」

石破天哭道：「是啊，媽，我爹爹到底是誰？我……我姓甚麼？你跟我說，爲甚麼你一直叫我『狗雜種』？」

梅芳姑慘然笑道：「你爹爹到底是誰，天下便只我一人知道。」轉頭向石清道：「石清，我早知你心中便只閔柔一人，當年我自毀容貌，便是爲此。」

石清喃喃的道：「你自毀容貌，卻又何苦？」

梅芳姑道：「當年我的容貌，和閔柔到底誰美？」

石清伸手握住了妻子手掌，躊躇半晌，說道：「二十年前，你是武林中出名的美女，內子容貌雖然不惡，卻不及你。」

梅芳姑微微一笑，哼了一聲。

丁不四卻道：「是啊，石清你這小子卻也太不識好歹了，明知我的芳姑相貌美麗，無人能比，何以你又不愛她？」

石清不答，只緊緊握住妻子的手掌，似乎生怕她心中著惱，又再離去。

梅芳姑又問：「當年我的武功和閔柔相比，是誰高強？」

石清道：「你梅家拳家傳的武學，又兼學了許多希奇古怪的武功……」丁不四插口道：「甚麼希奇古怪？那是你丁四爺爺得意的功夫，你自己不識，便少見多怪，見到駱駝說是馬背腫！」石清道：「不錯，你武功兼修丁梅二家之所長，當時內子未得上清觀劍學的眞諦，自是遜你一籌。」

梅芳姑又問：「然則文學一途，又是誰高？」

石清道：「你博古通今，又會做詩塡詞，咱夫婦識字也是有限，如何比得上你！」

石破天心下暗暗奇怪：「原來媽媽文才武功甚麼都強，怎麼一點也不教我？」

梅芳姑冷笑道：「想來針線之巧，烹飪之精，我是不及這位閔家妹子了。」

石清仍是搖頭，道：「內子一不會補衣，二不會裁衫，連炒鷄蛋也炒不好，如何及得上你千伶百俐的手段？」

梅芳姑厲聲道：「那麼爲甚麼你一見我面，始終冷冰冰的沒半分好顏色，和你那閔師妹在一起，卻有說有笑？爲甚麼……爲甚麼……」說到這裏，聲音發顫，甚是激動，臉上卻仍木然，肌肉都不稍動。

石清緩緩道：「梅姑娘，我不知道。你樣樣比我閔師妹強，不但比她強，比我也強。我跟你在一起，自慚形穢，配不上你。我跟閔師妹在一起，卻心中歡喜。」

梅芳姑出神半晌，說道：「原來你跟我在一起，心裏不開心。」大叫一聲，奔入了草房。梅文馨和丁不四跟著奔進。

閔柔將頭靠在石清胸口，柔聲道：「師哥，梅姑娘是個苦命人，她雖殺了我們的孩兒，我……我還是比她快活得多，我知道你心中從來就只我一個，甚麼都夠了。咱們走罷，這仇不用報了。」石清道：「這仇不用報了？」閔柔凄然道：「便殺了她，咱們的堅兒也活不轉來啦。」

忽聽得丁不四大叫：「芳姑，你怎麼尋了短見？我去和這姓石的拚命！」石清等都大吃一驚。

只見梅文馨抱著梅芳姑的身子，走將出來。梅芳姑左臂上袖子捋得高高地，露出她雪白嬌嫩的皮膚，臂上一點猩紅，卻是處子的守宮砂。梅文馨尖聲道：「芳姑守身如玉，至今仍是處子，這狗雜種自然不是她生的。」

衆人的眼光一齊都向石破天射去，人人心中充滿了疑竇：「梅芳姑是處女之身，自然不會是他母親。那麼他母親是誰？父親是誰？梅芳姑爲甚麼要自認是他母親？」石清和閔柔均想：「難道梅芳姑當年將堅兒擄去，並未殺他？後來她送來的那具童屍臉上血肉模糊，雖穿著堅兒的衣服，其實不是堅兒？這小兄弟如果不是堅兒，她何以叫他狗雜種？何以他和玉兒這般相像？」

石破天自是更加一片迷茫：「我爹爹是誰？我媽媽是誰？我自己又是誰？」

梅芳姑既然自盡，這許許多多疑問，那就誰也無法回答了。

（全書完）

注：我國古人傳說，以壁虎和以朱砂搗爛，點於女子手臂，如爲處女，則色作殷紅，稱爲「守宮砂」，因此壁虎又叫作「守宮」。婚後則守宮砂即消失。此項傳說無醫學根據，絕不可信，料想古代少女因此受冤者實不乏人，殊堪惋惜憐憫。小說中仍使用此項迷信，並非表示此事爲眞，一爲方便，二爲照述古人一種不正確之舊信念而已。例如發誓賭咒，違者常應驗，亦爲此類。

後記

由於兩個人相貌相似，因而引起種種誤會，這種古老的傳奇故事，決不能成爲小說的堅實結構。雖然莎士比亞也曾一再使用孿生兄弟、孿生姊妹的題材，但那些作品都不是他最好的戲劇。在《俠客行》這部小說中，我所想寫的，主要是石清夫婦愛憐兒子的感情，以及梅芳姑因愛生恨的妒情。因此石破天和石中玉相貌相似，並不是重心之所在。

一九七五年冬天，在《明報月刊》十周年的紀念稿〈明月十年共此時〉中，我曾引過石清在廟中向佛像禱祝的一段話。此番重校舊稿，眼淚又滴濕了這段文字。

各種牽強附會的注釋，往往會損害原作者的本意，反而造成嚴重障礙。《俠客行》寫於十二年之前，於此意有所發揮。近來多讀佛經，於此更深有所感。大乘般若經以及龍樹的中觀之學，都極力破斥煩瑣的名相戲論，認爲各種知識見解，徒然令修學者心中產生虛妄念頭，有礙見道，因此強調「無著」、「無住」、「無作」、「無願」。邪見固然不可有，正見亦不可有。《金剛經》云：「凡所有相，皆是虛妄」，「法尚應捨，何況非法」，「如來所說法，皆不可取，不可說，非法、非非法」，皆是此義。寫《俠客行》時，於佛經全無認識之可言，《金剛經》也是在去年十一月間才開始誦讀全經，對般若學和中觀的修學，更是今年春夏間之事。此中因緣，殊不可解。

一九七七年七月

二十一世紀初重讀舊作，除略改文字外，於小說內容並無多大改動。

二〇〇三年七月

越女劍

金庸

阿青橫棒揮出，白猿的竹棒落地。白猿一聲長嘯，躍上樹梢，接連幾個縱躍，已竄出十數丈外，但聽得嘯聲淒厲，漸漸遠去。

「請！」「請！」

兩名劍士各自倒轉劍尖，右手握劍柄，左手搭於右手手背，躬身行禮。

兩人身子尚未站直，突然間白光閃動，跟著錚的一聲響，雙劍相交，兩人各退一步。旁觀眾人都「咦」的一聲輕呼。

青衣劍士連劈三劍，錦衫劍士逐一格開。青衣劍士一聲叱喝，長劍從左上角直劃而下，勢勁力急。錦衫劍士身手矯捷，向後躍開，避過了這劍。他左足剛著地，身子跟著彈起，唰唰兩劍，向對手攻去。青衣劍士凝立不動，嘴角邊微微冷笑，長劍輕擺，擋開來劍。

錦衫劍士突然發足疾奔，繞著青衣劍士的溜溜轉動，腳下越來越快。青衣劍士凝視敵手長劍劍尖，敵劍甫動，便揮劍擊落。錦衫劍士忽而左轉，忽而右轉，身法變幻不定。青衣劍士給他轉得微感暈眩，喝道：「你是比劍，還是逃命？」唰唰兩劍，直削過去。錦衫劍士奔轉甚急，劍到之時，人已離開，敵劍劍鋒總是和他身子差了尺許。

青衣劍士迴劍側身，右腿微蹲，錦衫劍士看出破綻，挺劍向他左肩疾刺。不料青衣劍士這一蹲乃是誘招，長劍突然圈轉，直取敵人咽喉，勢道勁急無倫。錦衫劍士大駭，長劍脫手，向敵人心窩激射。這是無可奈何中同歸於盡的打法，敵人若繼續進擊，心窩必定中劍。當此情勢，對方自須收劍擋格，自己便可脫出這難以挽救的絕境。

不料青衣劍士竟不擋架閃避，手腕抖動，噗的一聲，劍尖刺入了錦衫劍士的咽喉。跟著噹的一響，擲來的長劍刺中了他胸膛，長劍落地。青衣劍士嘿嘿一笑，收劍退立，原來他衣內胸口藏著一面護心銅鏡，劍尖雖然刺中，身子絲毫無傷。那錦衣劍士喉頭鮮血激噴，身子在地下不住扭曲。便有從者過來抬開屍首，抹去地下血跡。

青衣劍士還劍入鞘，跨前兩步，躬身向北首高坐於錦披大椅中的一位王者行禮。

那王者身披紫袍，形貌拙異，頭頸甚長，嘴尖如鳥，微微一笑，嘶聲道：「壯士劍法精妙，賜金十斤。」青衣劍士右膝跪下，躬身說道：「謝賞！」那王者左手輕揮，他右首一名高高瘦瘦、四十來歲的官員喝道：「吳越劍士，二次比試！」

東首錦衫劍士隊中走出一條身材魁梧的漢子，手提大劍。這劍長逾五尺，劍身極厚，顯然份量甚重。西首走出一名青衣劍士，中等身材，臉上盡是劍疤，東一道、西一道，少說也有十二三道，一張臉已無復人形，足見身經百戰，不知已和人比過多少次劍了。二人先向王者屈膝致敬，然後轉過身來，相向而立，躬身行禮。

青衣劍士站直身子，臉露獰笑。他一張臉本已十分醜陋，這麼一笑，更顯得說不出的難看。錦衫劍士見了他如鬼似魅的模樣，不由得機伶伶打個冷戰，波的一聲，吐了口長氣，慢慢伸過左手，搭住劍柄。

青衣劍士突然一聲狂叫，聲如狼嗥，挺劍向對手急刺過去。錦衫劍士也縱聲大喝，提起大劍，當頭對敵劈落。青衣劍士斜身閃開，長劍自左而右橫削。錦衫劍士雙手使劍，將大劍舞得呼呼作響。這大劍少說也有五十來斤重，但他招數仍迅捷之極。

兩人一搭上手，頃刻間拆了三十來招，青衣劍士給對手沉重的劍力壓得不住倒退。站在大殿東首的五十餘名錦衫劍士人人臉有喜色，眼見這場比試贏定了。

只聽得錦衫劍士一聲大喝，聲若雷震，大劍橫掃。青衣劍士避無可避，提長劍奮力擋格。噹的一聲響，雙劍相交，半截大劍飛了出去，原來青衣劍士手中長劍鋒銳無比，竟將大劍斬爲兩截，利劍直劃而下，將錦衫劍士自咽喉而至小腹，劃了道兩尺來長的口子。錦衫劍士連聲狂吼，撲倒在地。青衣劍士向地下魁梧的身形凝視片刻，這才還劍入鞘，屈膝向王者行禮，臉上掩不住得意之色。

王者向身旁那官員微頷示意，那官員道：「壯士劍利術精，大王賜金十斤。」青衣劍士稱謝退開。

西首一列排著八名青衣劍士，與對面五十餘名錦衫劍士相比，衆寡之數頗爲懸殊。

那官員緩緩說道：「吳越劍士，三次比劍！」兩隊劍士隊中各走出一人，向王者行禮後相向而立。突然間青光耀眼，衆人均覺寒氣襲體，見那青衣劍士手中一柄三尺長劍不住顫動，便如一根閃閃發出絲光的緞帶。那官員讚道：「好劍！」青衣劍士微微躬身爲禮，謝他稱讚。那官員道：「單打獨鬥已看了兩場，這次兩個對兩個！」

錦衫劍士隊中一人應聲而出，拔劍出鞘。那劍明亮如秋水，也是一口利器。青衣劍士隊中又出來一人。四人向王者行過禮後，相互行禮，跟著劍光閃爍，鬥了起來。這二對二的比劍，同伙劍士互相照應配合。數合之後，嗤的一聲，一名錦衫劍士手中長劍竟遭敵手削斷。這人極爲悍勇，提著半截斷劍，飛身向敵人撲去。那青衣劍士長劍閃處，嗤的一聲響，將他右臂齊肩削落，跟著補上一劍，刺中了他心窩。

另外二人兀自纏鬥不休，得勝的青衣劍士窺伺在旁，突然間長劍遞出，嗤的一聲，又將錦衫劍士手中長劍削斷。另一人長劍中宮直進，自敵手胸膛貫入，背心穿出。

那王者呵呵大笑，拍手說道：「好劍，好劍法！賞酒，賞金！咱們再來瞧一場四個對四個的比試。」

兩邊隊中各出四人，行過禮後，出劍相鬥。錦衫劍士連輸三場，死了四人，這時下場的四人狠命相撲，說甚麼也要贏回一場。只見兩名青衣劍士分從左右夾擊一名錦衫劍士。餘下三名錦衫劍士上前邀戰，卻給兩名青衣劍士挺劍擋住。這兩名青衣劍士純取守勢，招數嚴密，竟一招也不還擊，卻令三名錦衫劍士無法過去相援同伴，其餘兩名青衣劍士以二對一，大佔上風，十餘招間即殺死對手，跟著便攻向另一名錦衫劍士。另外兩名青衣劍士仍然只守不攻，擋住兩名錦衫劍士，讓同伴以二對一，殺死敵手。

旁觀的錦衫劍士眼見同伴只賸下二人，勝負之數已定，都大聲鼓噪起來，紛紛拔劍，便欲一擁而上，將八名青衣劍士亂劍分屍。

那官員朗聲喝道：「學劍之士，當守劍道！」他神色語氣之中有一股凜然之威，一眾錦衫劍士立時都靜了下來。

這時眾人都已看得分明，四名青衣劍士的劍法截然不同，二人的守招嚴密無比，另二人的攻招卻凌厲狠辣，分頭合擊，守者纏住敵手，只賸下一人，讓攻者以眾凌寡，逐一蠶食殺戮。以此法迎敵，縱然對方武功較高，青衣劍士一方也必操勝算。別說四人對四人，即使是四人對六人甚或八人，也能取勝。那二名守者的劍招施展開來，便如是一道劍網，純取守勢，對方難越雷池，要擋住五六人亦綽綽有餘。

這時場中兩名青衣劍士仍以守勢纏住了一名錦衫劍士，另外兩名青衣劍士快劍攻擊，殺死第三名錦衫劍士後，轉而向第四名敵手相攻。取守勢的兩名青衣劍士向左右分開，在旁掠陣。餘下一名錦衫劍士雖見敗局已成，卻不肯棄劍投降，仍奮力應戰。突然間四名青衣劍士齊聲大喝，四劍並出，分從前後左右，一齊刺在錦衫劍士身上。

錦衫劍士身中四劍，立時斃命，他雙目圓睜，嘴巴也張得大大的。四名青衣劍士同時拔劍，四人抬起左腳，將長劍劍刃在鞋底一拖，抹去了劍上血漬，唰的一聲，還劍入鞘。這幾下動作乾淨利落，固不待言，最難得的是整齊之極，同時抬腳，同時拖劍，四劍入鞘卻只發出一下聲響。

那王者呵呵大笑，鼓掌道：「好劍法，好劍法！上國劍士名揚天下，可教我們今日大開眼界了。四位劍士各賜金十斤。」四名青衣劍士一齊躬身謝賞。四人這麼一彎腰，四個腦袋擺成一道直線，不見有絲毫高低，實不知花了多少功夫才練得如此劃一。

一名青衣劍士轉過身去，捧起一隻金漆長匣，走上幾步，說道：「敝國君王多謝大王厚禮，命臣奉上寶劍一口還答。此劍乃敝國新鑄，謹供大王玩賞。」

那王者笑道：「多謝了。范大夫，接過來看看。」

那王者是越王勾踐。那官員是越國大夫范蠡。錦衫劍士是越王宮中的衛士，八名青衣劍士則是吳王夫差派來送禮的使者。越王昔日為夫差所敗，臥薪嘗膽，欲報此仇，面子上對吳王十分恭順，暗中卻日夜不停的訓練士卒，俟機攻吳。他為了試探吳國軍力，連出衛士中的高手和吳國劍士比劍，不料一戰之下，八名越國好手盡數被殲。勾踐又驚又怒，臉上卻不動聲色，顯得對吳國劍士的劍法歡喜讚嘆，衷心欽服。

范蠡走上幾步，接過了金漆長匣，只覺輕飄飄地，匣中有如無物，當下打開了匣蓋。旁邊衆人沒見到匣中裝有何物，卻見范蠡的臉上陡然間罩上了一層青色薄霧，都「哦」的一聲，甚感驚訝。當眞是劍氣映面，鬚眉俱碧。

范蠡托著漆匣，走到越王身前，躬身道：「大王請看！」勾踐見匣中鋪以錦緞，放著一柄三尺長劍，劍身極薄，刃上寶光流動，變幻不定，不由得讚道：「好劍！」握住劍柄，提了起來，只見劍刃不住顫動，似乎只須輕輕一抖，便能折斷，心想：「此劍如此單薄，只堪觀賞，並無實用。」

那爲首的青衣劍士從懷中取出一塊輕紗，向上拋起，說道：「請大王平伸劍刃，劍鋒向上，待紗落在劍上，便見此劍與衆不同。」那輕紗從半空中飄飄揚揚的落將下來，越王側劍伸出，輕紗落上劍刃，下落之勢並不止歇，輕紗竟已分成兩塊，緩緩落地。原來這劍已將輕紗劃而爲二，劍刃之利，委實匪夷所思。殿上殿下，采聲雷動。

青衣劍士說道：「此劍雖薄，但與沉重兵器相碰，亦不折斷。」

勾踐道：「范大夫，拿去試來。」范蠡道：「是！」雙手托上劍匣，讓勾踐將劍放入匣中，倒退數步，轉身走到一名錦衫劍士面前，取劍出匣，說道：「拔劍！咱們試試！」

那錦衫劍士躬身行禮，拔出佩劍，舉在空中，不敢下擊。范蠡叫道：「劈下！」錦衫劍士道：「是！」揮劍劈下，落劍處卻在范蠡身前一尺。范蠡提劍向上一撩，嗤的一聲輕響，錦衫劍士手中的長劍已斷爲兩截。半截斷劍落下，眼見便要碰到范蠡身上，范蠡輕輕旁躍避開。衆人又一聲采，卻不知是稱讚劍利，還是讚范大夫身手敏捷。

范蠡將劍放回匣中，躬身放在越王腳邊。

勾踐說道：「上國劍士，請赴別座飲宴領賞。」八名青衣劍士行禮下殿。勾踐手一揮，錦衫劍士和殿上侍從也均退下，只賸下范蠡一人。

勾踐瞧瞧腳邊長劍，又瞧瞧滿地鮮血，只出神凝思，過了半晌，道：「怎樣？」

范蠡道：「吳國武士劍術，未必盡如這八人之精，吳國武士所用兵刃，未必盡如此劍之利。但觀此一端，足見其餘。最令人憂心的是，吳國武士羣戰之術，妙用孫武子兵法，臣以爲當今之世，實乃無敵於天下。」勾踐沉吟道：「夫差派這八人來送寶劍，大夫你看是何用意？」范蠡道：「那是要咱們知難而退，不可起侵吳報仇之心。」

勾踐大怒，一彎身，從匣中抓起寶劍，回手揮落，嚓的一聲響，將坐椅平平整整的切去了一截，大聲道：「便有千難萬難，勾踐也決不知難而退。終有一日，我要擒住夫差，便用此劍將他腦袋砍了下來！」說著又是一劍，將一張檀木椅子一劈爲二。

范蠡躬身道：「恭喜大王，賀喜大王！」勾踐愕然道：「眼見吳國劍士如此了得，又有甚麼喜可賀？」范蠡道：「大王說道便有千難萬難，也決不知難而退。大王既有此決心，大事必成。眼前這難事，還須請文大夫共同商議。」勾踐道：「好，你去傳文大夫來。」

范蠡走下殿去，命宮監去傳大夫文種，自行站在宮門之側相候。過不多時，文種飛馬趕到，與范蠡並肩入宮。

范蠡本是楚國宛人，爲人倜儻，不拘小節，所作所爲，往往出人意表，當地人士都叫他「范瘋子」。文種來到宛地做縣令，聽到范蠡的名字，便派部屬去拜訪。那部屬見了范蠡，回來說道：「這人是本地出名的瘋子，行事亂七八糟。」文種笑道：「一個人有與衆不同的行爲，凡人必笑他胡鬧；他有高明獨特的見解，庸人自必罵他胡塗。你們又怎能明白范先生呢？」便親自前去拜訪。范蠡避而不見，但料到他必定去而復來，向兄長借了衣冠，穿戴整齊。果然過了幾個時辰，文種又再到來。兩人相見之後，長談王霸之道，各有所見，卻互相投機之極，當眞相見恨晚。

兩人都覺中原諸國暮氣沉沉，楚國邦大而亂，東南其勢興旺，當有霸兆。於是文種辭去官位，與范蠡同往吳國。其時吳王正重用伍子胥，言聽計從，國勢正盛。

文種和范蠡在吳國京城姑蘇住了數月，見伍子胥的種種興革措施確是才識卓越，切中時弊，令人欽佩，自己未必能勝得他過。兩人一商量，以越國和吳國鄰近，風俗相似，雖地域較小，卻也大可一顯身手，於是來到越國。勾踐接見之下，於二人議論才具頗爲賞識，均拜爲大夫。

後來勾踐不聽文種、范蠡勸諫，興兵和吳國交戰，以石買爲將，在錢塘江邊一戰大敗，勾踐在會稽山受圍，幾乎亡國殞身。勾踐在危急之中用文種、范蠡之計，買通了吳王身邊的奸臣太宰伯嚭，爲越王陳說。吳王夫差不聽伍子胥的忠諫，答允與越國講和，將勾踐俘到吳國，後來又放他歸國。其後勾踐臥薪嘗膽，決定復仇，採用了文種的滅吳九術。

那九術第一是尊天地，事鬼神，神道設教，令越王有必勝之心。第二是贈送吳王大量財幣，既使他習於奢侈，又去其防越之意。第三是先向吳國借糧，再以蒸過的大穀歸還，吳王見穀大，發給農民當穀種，結果稻不生長，吳國大饑。第四是贈送美女西施和鄭旦，讓吳王迷戀美色，不理政事。第五是贈送巧匠，引誘吳王大起宮室高台，耗其財力民力。第六是賄賂吳王左右奸臣，使之敗壞朝政。第七是離間吳王忠臣，終於迫得伍子胥自殺。第八是積蓄糧草，充實國家財力。第九是鑄造武器，訓練士卒，待機攻吳。

據後人評論，其時吳國文明，越國野蠻，吳越相爭，越國常不守當時中原通行之禮法規範，不少手段卑鄙惡劣，以致吳國受損。

文種八術都已成功，最後的第九術卻在這時遇上了重大困難。眼見吳王派來劍士八人，所顯示的兵刃之利、劍術之精，實非越國武士所能匹敵。

范蠡將適才比劍的情形告知了文種。文種皺眉道：「范賢弟，吳國劍士劍利術精，固是大患，而他們在羣鬥之時，善用孫武子遺法，更加難破難當。」范蠡道：「正是，當年孫武子輔佐吳王，統兵破楚，攻入郢都，用兵如神，天下無敵。雖齊晉大國，亦畏其鋒。他兵法有言道：『我專爲一，敵分爲十，是以十攻其一也，則我衆而敵寡。能以衆擊寡者，則吾之所與戰者，約矣。』吳士四人與我越士四人相鬥，吳士以二人擋我三人，以二人專攻一人，以衆擊寡，戰無不勝。」

言談之間，二人到了越王面前，只見勾踐提著那柄其薄如紙的利劍，兀自出神。過了良久，勾踐抬起頭來，說道：「文大夫，當年吳國有干將莫邪夫婦，善於鑄劍。我越國有良工歐冶子，鑄劍之術，亦不下於彼。此時干將、莫邪、歐冶子均已不在人世。吳國有這等鑄劍高手，難道我越國自歐冶子一死，就此後繼無人嗎？」

文種道：「臣聞歐冶子傳有弟子二人，一名風胡子，一名薛燭。風胡子在楚，薛燭尚在越國。」勾踐大喜，道：「大夫速召薛燭前來，再遣人入楚，以重金聘請風胡子來越。」文種遵命而退。

次日清晨，文種回報已遣人赴楚，薛燭則已宣到。

勾踐召見薛燭，說道：「你師父歐冶子曾奉先王之命，鑄劍五口。這五口寶劍的優劣，你且說來聽聽。」薛燭磕頭道：「小人曾聽先師言道，先師爲先王鑄劍五口，大劍三、小劍二，一曰湛盧，二曰純鈞，三曰勝邪，四曰魚腸，五曰巨闕。至今湛盧在楚，勝邪、魚腸在吳，純鈞、巨闕二劍則在大王宮中。」勾踐道：「正是。」

原來當年勾踐之父越王允常鑄成五劍後，吳王得訊，便來相求。允常畏吳之強，只得以湛盧、勝邪、魚腸三劍相獻。後來吳王闔廬以魚腸劍遣專諸刺殺王僚。湛盧劍落入水中，後爲楚王所得，秦王聞之，求而不得，興師擊楚，楚王始終不與。

薛燭稟道：「先師曾言，五劍之中，勝邪最上，純鈞、湛盧二劍其次，魚腸又次之，巨闕居末。鑄巨闕之時，金錫和銅而離，因此此劍只乃利劍，而非寶劍。」勾踐道：「然則我純鈞、巨闕二劍，不敵吳王之勝邪、魚腸二劍了？」薛燭道：「小人死罪，恕小人直言。」勾踐抬頭不語，從薛燭這句話中，已知越國二劍自非吳國二劍之敵。

范蠡說道：「你既得傳尊師之術，可即開爐鑄劍。鑄將幾口寶劍出來，未必便及不上吳國的寶劍。」薛燭道：「回稟大夫：小人已不能鑄劍了。」范蠡道：「卻是爲何？」薛燭伸出手來，只見他雙手的拇指食指俱已不見，只剩下六根手指。薛燭黯然道：「鑄劍之勁，全仗拇指食指。小人苟延殘喘，早已成爲廢人。」

勾踐奇道：「你這四根手指，是給仇家割去的麼？」薛燭道：「不是仇家，是給小人的師兄割去的。」勾踐更加奇怪，道：「你的師兄，那不是風胡子麼？他爲甚麼要割你手指？啊，一定是你鑄劍之術勝過師兄，他心懷妒忌，斷你手指，教你再也不能鑄劍。」勾踐擅行推測，薛燭不便說他猜錯，唯默然不語。

勾踐道：「寡人本要派人到楚國去召風胡子來。他怕你報仇，或許不敢回來。」薛燭道：「大王明鑒，風師兄目下是在吳國，不在楚國。」勾踐微微一驚，說道：「他……他在吳國，在吳國幹甚麼？」

薛燭道：「三年之前，風師兄來到小人家中，取出寶劍一口，給小人觀看。小人一見之下，登時大驚，原來這口寶劍，乃先師歐冶子爲楚國所鑄，名曰工布，劍身上文如流水，自柄至尖，連綿不斷。小人曾聽先師說過，一見便知。當年先師爲楚王鑄劍三口，一曰龍淵、二曰泰阿、三曰工布。楚王寶愛異常，豈知竟爲師哥所得。」

勾踐道：「想必是楚王賜給你師兄了。」

薛燭道：「若說是楚王所賜，原也不錯，只不過是轉了兩次手。風師兄言道，吳師破楚之後，伍子胥發楚平王之棺，鞭其遺屍，在楚王墓中得此寶劍。後來回吳之後，聽到風師兄的名字，便叫人將劍送去楚國給他，說道此是先師遺澤，該由風師兄承受。」

勾踐大驚，沉吟道：「伍子胥居然捨得此劍，此人眞乃英雄，眞乃英雄也！」突然哈哈大笑，說道：「幸好夫差中我之計，已逼得此人自殺，哈哈，哈哈！」

勾踐長笑之時，誰都不敢作聲。他笑了好一會，才問：「伍子胥將工布寶劍贈你師兄，要辦甚麼事？」薛燭道：「風師兄言道，當時伍子胥只說仰慕先師，別無所求。風師兄得到此劍後，心下感激，尋思伍將軍是吳國上卿，贈我希世之珍，豈可不去當面叩謝？於是便去到吳國，向伍將軍致謝。伍將軍待以上賓之禮，爲風師兄置下房舍，招待得極是客氣。」勾踐道：「伍子胥要人爲他賣命，用的總是這套手段，當年要專諸刺王僚，便即如此。」

薛燭道：「大王料事如神。但風師兄不懂得伍子胥的陰謀，受他如此厚待，心下過意不去，一再請問，有何用己之處。伍子胥總說：『閣下枉駕過吳，乃吳國嘉賓，豈敢勞動尊駕？』」勾踐罵道：「老奸巨猾，以退爲進！」薛燭道：「大王明見萬里。風師兄終於對伍子胥說，他別無所長，只會鑄劍，承蒙如此厚待，當鑄造幾口希世的寶劍相贈。」

勾踐伸手在大腿上一拍，道：「著了道兒啦！」薛燭道：「那伍子胥卻說，吳國寶劍已多，也不必再鑄了。而且鑄劍極耗心力，當年干將莫邪鑄劍不成，莫邪自身投入劍爐，寶劍方成。這種慘事，萬萬不可再行。」勾踐奇道：「他當眞不要風胡子鑄劍？那可奇了。」薛燭道：「當時風師兄也覺奇怪。一日伍子胥又到賓館來和風師兄閒談，說起吳國與北方齊晉兩國爭霸，吳士勇悍，時佔上風，便是車戰之術有所不及，若以徒兵與之步戰，所用劍戟卻又不夠鋒銳。風師兄便與之談論鑄造劍戟之法。原來伍子胥所要鑄的，不是一口兩口寶劍，而是千口萬口利劍。」

勾踐登時省悟，忍不住「啊喲」一聲，轉眼向文種、范蠡二人瞧去，但見文種滿臉焦慮之色，范蠡卻呆呆出神，問道：「范大夫，你以爲如何？」范蠡道：「伍子胥雖詭計多端，別說此人已死，就算仍在世上，也終究逃不脫大王掌心。」

勾踐笑道：「嘿嘿，只怕寡人不是伍子胥的對手。」范蠡道：「伍子胥已爲大王巧計除去，難道他還能奈何我越國嗎？」勾踐呵呵大笑，道：「這話倒也不錯。薛燭，你師兄聽了伍子胥之言，便助他鑄造利劍了？」薛燭道：「正是。風師哥當下便隨著伍子胥，來到莫干山上的鑄劍房，見有一千餘名劍匠正在鑄劍，只其法未見盡善，於是風師兄逐一點撥，此後吳劍鋒利，諸國莫及。」勾踐點頭道：「原來如此。」

薛燭道：「鑄得一年，風師哥勞瘁過度，精力不支，便向伍子胥說起小人名字。伍子胥備下禮物，要風師哥來召小人前往吳國，相助風師哥鑄劍。小人心想吳越世仇，吳國鑄了利劍，固能殺齊人晉人，也能殺我越人，便勸風師哥休得再回吳國。」勾踐道：「是啊，你這人甚有見識。」

薛燭磕頭道：「多謝大王獎勉。可是風師哥不聽小人之勸，當晚他睡在小人家中，半夜之中，他突然以利劍架在小人頸中，再砍去了小人四根手指，好教小人從此成爲廢人。」

勾踐大怒，厲聲說道：「下次捉到風胡子，定將他斬成肉醬。」

文種道：「薛先生，你自己雖不能鑄劍，但指點劍匠，咱們也能鑄成千口萬口利劍。」薛燭道：「回稟文大夫：鑄劍之鐵，吳越均有，唯精銅在越，良錫在吳。」

范蠡道：「伍子胥早已派兵守住錫山，不許百姓採錫，是不是？」薛燭臉現驚異之色，道：「范大夫，原來你早知道了。」范蠡微笑道：「我只猜測而已。現下伍子胥已死，他的遺命吳人未必遵守。高價收購，要得良錫也就不難。」

勾踐道：「然而遠水救不著近火，待得採銅、鍊錫、造爐、鑄劍，鑄得不好又要從頭來起，少說也是兩三年的事。如果夫差活不到這麼久，豈不成終生之恨？」

文種、范蠡同時躬身道：「是。臣等當再思良策。」

范蠡退出宮來，尋思：「大王等不得兩三年，我是連多等一日一夜，也是……」想到這裏，胸口一陣隱隱發痛，腦海中立刻出現了那個驚世絕艷的麗影。

那是浣紗溪畔的西施。是自己親去訪尋來的天下無雙美女夷光，將越國山水靈氣集於一身的嬌娃夷光，自己卻親身將她送入了吳宮。

從會稽到姑蘇的路程很短，只不過是幾天的水程，但便在這短短的幾天之中，兩人情根深種，再也難分難捨。西施夷光皓潔的臉龐上，垂著兩顆珍珠一般的淚珠，聲音像若耶溪中溫柔的流水：「少伯，你答允我，一定要接我回來，越快越好，我日日夜夜的在等著你。你再說一遍，你永遠永遠不會忘了我。」

越國的仇非報不可，那是可以等的。但夷光在夫差的懷抱之中，妒忌和苦惱在咬嚙著他的心。必須儘快大批鑄造利劍，比吳國劍士所用利劍更加鋒銳……

他在街上漫步，十八名衛士遠遠在後面跟著。

突然間長街西首傳來一陣吳歌合唱：「我劍利兮敵喪膽，我劍捷兮敵無首……」

八名身穿青衣的漢子，手臂挽手臂，放喉高歌，旁若無人的踏步而來。行人避在一旁。那正是昨日在越宮中大獲全勝的吳國劍士，顯是喝多了酒，在長街上橫衝直撞。

范蠡皺起了眉頭，憤怒迅速在胸口升起。

八名吳國劍士走到范蠡身前。為首一人醉眼惺忪，斜睨著他，說道：「你……你是范大夫……哈哈，哈哈，哈哈！」范蠡的兩名衛士搶了上來，擋在范蠡身前，喝道：「不得無禮，閃開了！」八名劍士縱聲大笑，學著他們的音調，笑道：「不得無禮，閃開了！」兩名衛士抽出長劍，喝道：「大王有命，衝撞大夫者斬！」

爲首的吳國劍士身子搖搖晃晃，說道：「斬你，還是斬我？」

范蠡心想：「這是吳國使臣，雖然無禮，不能跟他們動手。」正要說：「讓他過去！」突然間白光閃動，兩名衛士齊聲慘呼，跟著噹噹兩聲響，兩人右手手掌隨著所握長劍都已掉在地下。那爲首的吳國劍士緩緩還劍入鞘，滿臉傲色。

范蠡手下的十六名衛士一齊拔劍出鞘，團團將八名吳國劍士圍住。

爲首的吳士仰天大笑，說道：「我們從姑蘇來到會稽，原不想活著回去，且看你越國要動用多少軍馬，來殺我吳國八名劍士。」說到最後一個「士」字時，一聲長嘯，八人同時執劍在手，背靠背的站在一起。

范蠡心想：「小不忍則亂大謀，眼下我國準備未周，不能殺了這八名吳士，致與夫差起釁。」喝道：「這八位是上國使者，大家不得無禮，退開了！」說著讓在道旁。衆衛士怒氣塡膺，眼中如要噴出火來，只大夫有令，不敢違抗，便都讓在街邊。

八名吳士哈哈大笑，齊聲高歌：「我劍利兮敵喪膽，我劍捷兮敵無首！」

忽聽得咩咩羊叫，一個身穿淺綠衫子的少女趕著十幾頭山羊，從長街東端走來。這羣山羊來到吳士之前，便從他們身邊繞過。

一名吳士興猶未盡，長劍揮出，將一頭山羊從頭至臀，剖爲兩半，便如是劃定了線仔細切開一般，連鼻子也一分爲二，兩爿羊身分倒左右，內臟肚腸都傾了出來，劍術之精，委實令人心驚。七名吳士大聲喝采。范蠡心中也忍不住叫一聲：「好劍法！」

那少女手中竹棒連揮，將餘下的十幾頭山羊趕到身後，說道：「你爲甚麼殺我山羊？」聲音又嬌嫩，又淸脆，也含有幾分憤怒。

那殺羊吳士將濺著羊血的長劍在空中連連虛劈，笑道：「小姑娘，我要將你也這樣劈爲兩半！」

范蠡叫道：「姑娘，你快過來，他們喝醉了酒。」

那少女道：「就算喝醉了酒，也不能隨便欺侮人。」

那吳國劍士舉劍在她頭頂繞了幾個圈子，笑道：「我本想將你這小腦袋瓜兒割了下來，只瞧你這麼美麗，可眞捨不得。」七名吳士一齊哈哈大笑。

范蠡見這少女一張瓜子臉，睫長眼大，皮膚白皙，容貌甚爲秀麗，身材苗條，弱質纖纖，心下不忍，又叫：「姑娘，快過來！」那少女轉頭應道：「是了！」

那吳國劍士長劍探出，去割她腰帶，笑道：「那也……」只說得兩個字，那少女手中竹棒一抖，戳在他手腕之上。那劍士只覺腕上一陣劇痛，嗆啷一聲，長劍落地。那少女竹棒挑起，碧影微閃，已刺入了他左眼之中。那劍士大叫一聲，雙手捧住了眼睛，連聲狂吼。

這少女這兩下輕輕巧巧的刺出，戳腕傷目，行若無事，不知如何，那吳國劍士竟避讓不開。餘下七名吳士大吃一驚，一名身材魁梧的吳士提起長劍，劍尖也往少女左眼刺去。劍招嗤嗤有聲，足見這一劍勁力十足。

那少女更不避讓，竹棒刺出，後發先至，噗的一聲，刺中了那吳士右肩。那吳士這一劍之勁立時卸了。那少女竹棒疾縮疾伸，已刺入他右眼之中。那人殺豬般的大嗥，雙拳亂揮亂打，眼中鮮血涔涔而下，神情甚爲可怖。

這少女以四招戳瞎兩名吳國劍士的眼睛，人人眼見她只隨手揮刺，對手便即受傷，無不聳然動容。六名吳國劍士又驚又怒，各舉長劍，將那少女圍在垓心。

范蠡略通劍術，見這少女不過十六七歲年紀，只以一根竹棒便戳瞎了兩名吳國高手的眼睛，手法如何雖看不清楚，但顯是極上乘的劍法，不由得又驚又喜，待見六名劍士各挺兵刃圍住了她，心想她劍術再精，一個少女終究難敵六名高手，當即朗聲說道：「吳國衆位劍士，六個打一個，不怕壞了吳國的名聲？倘若以多爲勝，嘿嘿！」雙手一拍，十六名越國衛士立即挺劍散開，圍住了吳國劍士。

那少女冷笑道：「六個打一個，也未必會贏！」左手微舉，右手中的竹棒已向一名吳士眼中戳去。那人舉劍擋格，那少女早兜轉竹棒，戳向另一名吳士胸口。便在此時，三名吳士的長劍齊向那少女身上刺到。那少女身法靈巧之極，一轉一側，將來劍盡數避開，噗的一聲，挺棒戳中左首一名吳士手腕。那人五指不由得鬆了，長劍落地。

十六名越國衛士本欲上前自外夾擊，但其時吳國劍士長劍使開，已幻成一道劍網，青光閃爍，那些越國衛士如何欺得近身？

卻見那少女在劍網之中飄忽來去，淺綠色布衫的衣袖和帶子飛揚開來，好看已極，但聽得「啊喲」、嗆啷之聲不斷，吳國衆劍士長劍一柄柄落地，一個個退開，有的舉手按眼，有的蹲在地下，每一人都給刺瞎了一隻眼睛，或傷左目，或損右目。

那少女收棒而立，嬌聲道：「你們殺了我羊兒，賠是不賠？」

八名吳國劍士又驚駭，又憤怒，有的大聲咆哮，有的全身發抖。這八人原爲極勇悍的武士，即使給人砍去了雙手雙足，也不會害怕示弱，此刻突然之間爲一個牧羊少女戳瞎了眼睛，長劍又均脫手，既痛又怕，實摸不著半點頭腦，震駭之下，心中一團混亂。

那少女道：「你們不賠我羊兒，我連你們另一隻眼睛也戳瞎了。」八劍士一聽，不約而同的都退了一步。

范蠡叫道：「這位姑娘，我賠你一百隻羊，這八個人便放他們去罷！」那少女向他微微一笑，道：「你這人很好，我也不要一百隻羊，只要一隻就夠了。」

范蠡向衛士道：「護送上國使者回賓館休息，請醫生醫治傷目。」衆衛士答應了，派出八人，挺劍押送。八名吳士手無兵刃，便如打敗了的公鷄，雙手按住瞎了的眼睛，垂頭喪氣的走開。

范蠡走上幾步，問道：「姑娘尊姓？」那少女道：「你說甚麼？」范蠡道：「姑娘姓甚麼？」那少女道：「我叫阿青，你叫甚麼？」

范蠡微微一笑，心想：「鄉下姑娘，不懂禮法，只不知她如何學會了這一身出神入化的劍術。只須問到她師父是誰，再請她師父來教練越士，何愁吳國不破？」想到和西施重逢的時刻指日可期，不由得心口登時感到一陣熱烘烘的暖意，說道：「我叫范蠡。姑娘，請你到我家吃飯去。」阿青道：「我不去，我要趕羊去吃草。」范蠡道：「我家裏有大好的草地，你趕羊去吃，我再賠你十頭肥羊。」

阿青拍手笑道：「你家裏有大草地嗎？那好極了。不過我不要你賠羊，我這羊兒又不是你殺的。」她蹲下地來，撫摸被割成了兩爿的羊身，淒然道：「好老白，乖老白，人家殺死了你，我……我可救你不活了。」

范蠡吩咐衛士道：「把老白的兩爿身子縫了起來，去埋在姑娘屋子旁邊。」

阿青站起身來，面頰上有兩滴淚珠，眼中卻透出喜悅的光芒，說道：「范蠡，你……你不許他們把老白吃了？」范蠡道：「自然不許。那是你的好老白，乖老白，誰都不許吃。」阿青嘆了口氣，道：「你眞好。我最恨人家拿我的羊兒去宰來吃了，不過媽說，羊兒不賣給人家，我們就沒錢買米。」范蠡道：「打從今兒起，我時時叫人送米送布給你媽，你養的羊兒，一隻也不用賣。」阿青大喜，一把抱住范蠡，叫道：「范蠡，你眞是個好人。」

衆衛士見她天眞爛漫，旣直呼范蠡之名，又當街抱住了他，無不好笑，都轉過了頭，不敢笑出聲來。

范蠡挽住了她手，似乎生怕這是個天上下凡的仙女，一轉身便不見了，在十幾頭山羊的咩咩聲中，和她並肩緩步，同回府中。

阿青趕著羊走進范蠡的大夫第，驚道：「你這屋子眞大，一個人住得了嗎？」范蠡微微一笑，說道：「我正嫌屋子太大，回頭請你媽和你一起來住好不好？你家裏還有甚麼人？」阿青道：「就是我媽和我兩個人，不知道我媽肯不肯來。我媽叫我別跟男人多說話。不過你是好人，不會害我們的。」

范蠡要阿青將羊羣趕入花園之中，命婢僕取出糕餅點心，在花園的涼亭中殷勤款待。衆僕役見羊羣將花園中的牡丹、芍藥、芝蘭、玫瑰種種名花異卉大口咬嚼，而范蠡卻笑吟吟的瞧著，全然不以爲意，無不駭異。

阿青喝茶吃餅，很是高興。范蠡跟她閒談半天，覺她言語幼稚，於世務全然不懂，終於問道：「阿青姑娘，教你劍術的那位師父是誰？」

阿青睜著一雙明澈的大眼，道：「甚麼劍術？我沒師父啊。」范蠡道：「你用一根竹棒戳瞎了八個壞人的眼睛，這本事就是劍術了，那是誰教你的？」阿青搖頭道：「沒人教我，我自己會的。」范蠡見她神情坦率，並無絲毫作偽之態，心下暗異：「難道當眞是天降異人？」說道：「你從小就會玩這竹棒？」

阿青道：「本來是不會的，我十三歲那年，白公公來騎羊兒玩，我不許他騎，用竹棒趕他。他也拿了根竹棒來打我，我就跟他對打。起初他總打到我，我打不著他。我們天天這樣打著玩，近來我總是打到他，戳得他很痛，他可戳我不到。他也不大來跟我玩了。」

范蠡又驚又喜，道：「白公公住在那裏？你帶我去找他好不好？」阿青道：「他住在山裏，找他不到的。只有他來找我，我從來沒去找過他。」范蠡道：「我想見見他，有沒有法子？」阿青沉吟道：「嗯，你跟我一起去牧羊，咱們到山邊等他。就不知道他甚麼時候會來。」嘆了口氣道：「近來好久沒見到他啦！」

范蠡心想：「爲了越國和夷光，跟她去牧羊卻又怎地？」便道：「好啊，我就陪你去牧羊，等那位白公公。」尋思：「這阿青姑娘的劍術，自是那位山中老人白公公所教的了。料想白公公見她年幼天眞，便裝作用竹棒跟她鬧著玩。他能令一個鄉下姑娘學到如此神妙的劍術，請他去教練越國武士，破吳必矣！」

請阿青在府中吃了飯後，便跟隨她同到郊外的山裏去牧羊。他手下部屬不明其理，均感駭怪。一連數日，范蠡手執竹棒，和阿青在山野間牧羊唱歌，等候白公公到來。

第五日上，文種來到范府拜訪，見范府椽吏面有憂色，問道：「范大夫多日不見，大王頗爲掛念，命我前來探望，莫非范大夫身子不適麼？」那椽吏道：「回稟文大夫：范大夫身子並無不適，不過……不過……」文種道：「不過怎樣？」那椽吏道：「文大夫是范大夫的好朋友，我們下吏不敢說的話，文大夫不妨去勸勸他。」文種更加奇怪，問道：「范大夫有甚麼事？」那椽吏道：「范大夫迷上了那個……那個會使竹棒的美貌鄉下姑娘，每天一早便陪著她去牧羊，不許衛士們跟隨保護，直到天黑才回來。小吏有公務請示，也不敢前去打擾。」

文種哈哈大笑，心想：「范賢弟在楚國之時，楚人都叫他范瘋子。他行事與衆不同，原非俗人所能明白。」

這時范蠡正坐在山坡草地上，講述楚國湘妃和山鬼的故事。阿青坐在他身畔凝神傾聽，一雙明亮的眼睛，目不轉瞬的瞧著他，忽然問道：「那湘妃眞這樣好看麼？」范蠡輕輕說道：「她的眼睛比這溪水還要明亮，還要淸澈……」阿青道：「她眼睛裏有魚游麼？」范蠡道：「她的皮膚比天上的白雲還要柔和，還要溫軟……」阿青道：「難道也有小鳥在雲裏飛嗎？」范蠡道：「她的嘴唇比這朶小紅花的花瓣還要嬌嫩，還要鮮艷，她的嘴唇濕濕的，比這花瓣上的露水還要晶瑩。湘妃站在水邊，倒影映在清澈的湘江裏，江邊的鮮花羞慚得都枯萎了，魚兒不敢在江裏游，生怕弄亂了她美麗的倒影。她白雪一般的手伸到湘江裏，柔和得好像要溶在水裏一樣……」

阿青道：「范蠡，你見過她的是不是？爲甚麼說得這樣仔細？」

范蠡輕輕嘆了口氣，說道：「我見過她的，我瞧得非常非常仔細。」

他說的是西施，不是湘妃。

他抬頭向著北方，眼光飄過了一條波浪滔滔的大江，這美麗的女郎是在姑蘇城中吳王宮裏，她這時候在做甚麼？是在陪伴吳王麼？是在想著我麼？

阿青道：「范蠡！你的鬍子很奇怪，給我摸一摸行不行？」

范蠡想：她是在哭泣呢，還是在笑？

阿青說：「范蠡，你的鬍子中有兩根是白色的，眞有趣，像是我羊兒的毛一樣。」

范蠡想：分手的那天，她伏在我肩上哭泣，淚水濕透了我半邊衣衫，這件衫子我永遠不洗，她的淚痕之中，又加上了我的眼淚。

阿青說：「范蠡，我想拔你一根白色的鬍子來玩，好不好？我輕輕的拔，不會弄痛你的。」

范蠡想：她說最愛坐了船在江裏湖裏慢慢的順水漂流，等我將她奪回來之後，我大夫也不做了，便整天和她坐了船，在江裏湖裏漂游，這麼漂游一輩子。

突然之間，頦下微微一痛，阿青已拔下了他一根鬍子，只聽得她在格格嬌笑，驀地裏笑聲中斷，聽得她喝道：「你又來了！」

綠影閃動，阿青已激射而出，只見一團綠影、一團白影已迅捷無倫的纏鬥在一起。

范蠡大喜：「白公公到了！」眼見兩人鬥得一會，身法漸漸緩了下來，他忍不住「啊」的一聲叫了出來。

和阿青相鬥的竟然不是人，而是一頭白猿。

這白猿也拿著一根竹棒，和阿青手中竹棒縱橫揮舞的對打。這白猿出棒招數巧妙，勁道凌厲，竹棒刺出時帶著呼呼風聲，但每一棒刺來，總給阿青拆解開去，隨即以巧妙之極的招數還擊過去。

數日前阿青與吳國劍士在長街相鬥，一棒便戳瞎一名吳國劍士的眼睛，每次出棒都一式一樣，直到此刻，范蠡方見到阿青劍術之精。他於劍術雖所學不多，但常去臨觀越國劍士練劍，劍法優劣一眼便能分別。當日吳越劍士相鬥，他已看得撟舌不下，此時見到阿青和白猿鬥劍，手中所持雖均是竹棒，但招法精奇之極，吳越劍士相形之下，直如兒戲一般。

白猿的竹棒越使越快，阿青卻時時凝立不動，偶爾一棒刺出，便如電光急閃，逼得白猿接連倒退。

阿青將白猿逼退三步，隨即收棒而立。那白猿雙手持棒，身子飛起，挾著一股勁風，向范蠡疾刺過來。范蠡見到這般猛惡的情勢，急忙避讓，青影閃動，阿青已擋在他身前。白猿見一棒將刺到阿青，急忙收棒，阿青乘勢橫棒揮出，啪啪兩聲輕響，白猿的竹棒已掉在地下。

白猿一聲長嘯，躍上樹梢，接連幾個縱躍，已竄出數十丈外，但聽得嘯聲淒厲，漸漸遠去。山谷間猿嘯回聲，良久不絕。

阿青回過身來，嘆了口氣，道：「白公公斷了兩條手臂，再也不肯來跟我玩了。」范蠡道：「你打斷了牠兩條手臂？」阿青點頭道：「今天白公公兇得很，一連三次，要撲過來刺死你。」范蠡驚道：「牠……牠要刺死我？為甚麼？」阿青搖了搖頭，道：「我不知道。」范蠡暗暗心驚：「若不是阿青擋住了牠，這白猿要刺死我當眞不費吹灰之力。」

第二天早晨，在越王的劍室之中，阿青手持一根竹棒，面對著越國二十名第一流劍手。范蠡知道阿青不會教人如何使劍，只有讓越國劍士模倣她的劍法。

但沒一個越國劍士能擋得住她的三招。

阿青竹棒一動，對手若不是手腕被戳，長劍脫手，便即要害中棒，委頓在地。范蠡事先囑咐過她，請她不可刺瞎對方的眼睛，也不可殺傷對方的性命。越國劍士都知她是范大夫的愛寵，也不敢當眞拚命廝殺。

第三天，三十名劍士敗在她的棒下。第四天，又有三十名劍士在她一根短竹棒下腕折臂斷，狼狽敗退。

到第五天上，范蠡再要找她去會鬥越國劍士時，阿青已失了蹤影，尋到她家裏，只餘下一間空屋，十幾頭山羊。范蠡派遣數百名部屬在會稽城內城外、荒山野嶺中去找尋，再也覓不到這小姑娘的蹤跡。

八十名越國劍士沒學到阿青的一招劍法，但他們已親眼見到了神劍的影子。每個人都知道了，世間確有這般神奇的劍法。八十人將一絲一忽勉強捉摸到的劍法影子傳授給了旁人，單是這一絲一忽的神劍影子，越國武士的劍法便已無敵於天下。

范蠡請薛燭督率良工，鑄成了千千萬萬口利劍。

三年之後，勾踐興兵伐吳，戰於五湖之畔。越軍五千人持長劍而前，吳兵逆擊。兩軍交鋒，越兵長劍閃爍，吳兵當者披靡，吳師大敗。

吳王夫差退到餘杭山。越兵追擊，二次大戰，吳兵始終擋不住越兵的快劍。夫差兵敗自殺。越軍攻入吳國的都城姑蘇。

范蠡親領長劍手一千，直衝到吳王的館娃宮。那是西施所住的地方。他帶了幾名衛士，奔進宮去，叫道：「夷光，夷光！」

他奔過一道長廊，腳步聲發出清朗的回聲，長廊下面是空的。西施腳步輕盈，每一步都像是彈琴鼓瑟那樣，有美妙的音樂節拍。夫差建了這道長廊，好聽她奏著音樂般的腳步聲。

在長廊彼端，音樂般的腳步聲響了起來，像歡樂的錦瑟，像清和的瑤琴，一個輕柔的聲音在說：「少伯，眞的是你麼？」

范蠡胸口熱血上湧，說道：「是我，是我！我來接你了。」他聽得自己的聲音嘶嗄，好像是別人在說話，好像是很遠很遠的聲音。他踉踉蹌蹌的奔過去。

長廊上樂聲繁音促節，一個柔軟的身子撲入了他懷裏。

春夜溶溶。花香從園中透過簾子，飄進館娃宮。范蠡和西施在傾訴著別來的相思。

忽然間寂靜之中傳來了幾聲咩咩的羊叫。

范蠡微笑道：「你還是忘不了故鄉的風光，在宮室之中也養了山羊嗎？」

西施笑著搖了搖頭，她有些奇怪，怎麼會有羊叫？然而在心愛之人的面前，除了溫柔的愛念，任何其他的念頭都不會在心中停留長久。她慢慢伸手出去，握住了范蠡的左手。熾熱的血同時在兩人脈管中迅速流動。

突然間，一個女子聲音在靜夜中響起：「范蠡！你叫你的西施出來，我要殺了她！」

范蠡陡地站起。西施感到他的手掌忽然間變得冰冷。范蠡認得這是阿青的聲音。她的呼聲越過館娃宮的高牆，飄了進來。

「范蠡，范蠡，我要殺你的西施，她逃不了的。我一定要殺你的西施。」

范蠡又驚恐，又迷惑：「她爲甚麼要殺夷光？夷光可從來沒得罪過她！」驀地裏心中一亮，霎時之間都明白了：「她並不眞是個不懂事的鄉下姑娘，她一直在喜歡我。」

迷惘已去，驚恐更甚。

范蠡一生臨大事，決大疑，不知經歷過多少風險，當年在會稽山爲吳軍圍困，糧盡援絕之時，也不及此刻的懼怕。西施感到他手掌中濕膩膩的都是冷汗，覺到他的手掌在發抖。

如果阿青要殺的是他自己，范蠡不會害怕的，然而她要殺的是西施。

「范蠡，范蠡！我要殺了你的西施，她逃不了的！」

阿青的聲音忽東忽西，在宮牆外傳進來。

范蠡定了定神，說道：「我要去見見這人。」輕輕放脫了西施的手，快步向宮門走去。

十八名衛士跟隨在他身後。阿青的呼聲人人都聽見了，耳聽得她在宮外直呼破吳英雄范大夫之名，大家都感到十分詫異。

范蠡走到宮門之外，月光鋪地，一眼望去，不見有人，朗聲說道：「阿青姑娘，請你過來，我有話說。」四下裏寂靜無聲。范蠡又道：「阿青姑娘，多時不見，你可好麼？」可是仍不聞回答。范蠡等了良久，始終不見阿青現身。

他低聲囑咐衛士，立即調來一千名甲士、一千名劍士，在館娃宮前後守衛。

他回到西施面前，坐了下來，握住她雙手，一句話也不說。從宮門外回到西施身畔，他心中已轉過了無數念頭：「令一個宮女假裝夷光，讓阿青殺了她？我和夷光化裝成爲越國甲士，逃出吳宮，從此隱姓埋名？阿青來時，我在她面前自殺，求她饒了夷光？調二千名弓箭手守住宮門，阿青倘若硬闖，那便萬箭齊發，射死了她？」但每一個計策都有破綻。阿青於越國有大功，何況在范蠡心中，阿青是小妹子，是好朋友，除了西施，她是自己最寵愛的姑娘，分別以來，除了西施之外，最常想到便是這個可愛的小姑娘。當日白公公要刺殺自己，她甘願受傷，挺身擋在自己身前。寧可自己死了，也決計不能殺她。

他怔怔的瞧著西施，心頭忽然一陣溫暖：「我二人就這樣一起死了，那也好得很。

我二人在臨死之前，終於聚在一起了。」

時光緩緩流過。西施覺到范蠡的手掌溫暖了。他不再害怕，臉上露出了笑容。

破曉的日光從窗中照射進來。

驀地裏宮門外響起了一陣吆喝聲，跟著嗆啷啷、嗆啷啷響聲不絕，那是兵刃落地之聲。這聲音從宮門外直響進來，便如一條極長的長蛇，飛快的遊來，長廊上也響起了兵刃落地的聲音。一千名甲士和一千名劍士阻擋不了阿青。

只聽得阿青叫道：「范蠡，你在那裏？」

范蠡向西施瞧了一眼，朗聲道：「阿青，我在這裏。」

「裏」字的聲音甫絕，嗤的一聲響，門帷從中裂開，一個綠衫人飛了進來，正是阿青。她右手竹棒的尖端指住了西施的心口。

她凝視著西施的容光，阿青臉上的殺氣漸漸消失，變成了失望和沮喪，再變成了驚奇、羨慕，變成了崇敬，喃喃的說：「天……天下竟有這……這樣的美女！范蠡，她……她比你說的還……還要美！」纖腰扭處，一聲清嘯，已破窗而出。

清嘯迅捷之極的遠去，漸遠漸輕，餘音嫋嫋，良久不絕。

數十名衛士急步奔到門外。衛士長躬身道：「大夫無恙？」范蠡擺了擺手，衆衛士退了下去。范蠡握著西施的手，道：「咱們換上庶民的衣衫，我和你到太湖划船去，再也不回來了。」

西施眼中閃出無比快樂的光芒，忽然之間，微微蹙起了眉頭，伸手捧著心口。阿青這一棒雖沒戳中她，但棒端發出的勁氣已刺傷了她心口。

兩千年來，人們都知道，「西子捧心」是人間最美麗的形象。

卅三劍客圖

藍子屬任渭長畫蔡容莊雕時在

咸豐丙辰秋

古典章回小說有揷圖和繡像，是我國向來的傳統。

我很喜歡讀古典章回小說，也喜歡小說中的揷圖。可惜一般揷圖的美術水準，與小說的文學水準差得實在太遠。這些揷圖都是木版畫，是雕刻在木版上再印出來的，往往畫得既粗俗，刻得又簡陋，只有極少數的例外。

我國版畫有很悠久的歷史。最古的版畫作品，是漢代的肖形印，在印章上刻了龍虎禽鳥等等圖印，印在絹上紙上，成爲精美巧麗的圖形。（然而這不是最古的印章。最古的印章，是一九〇八年在地中海克里特島上發掘法伊斯托斯（Phaistos）古宮時所發現的一隻泥碟。古宮是米諾文化（希臘文化的前身）時代的建築。經科學鑑證，泥碟大約是公元前一千七百年時所製，泥碟扁平，無彩繪，圓徑六吋半，泥土製成圓碟後經日曬而硬化，碟上用凹入的印章印出二四一個陽文（凸起）的文字（?），文字從碟邊直行排入碟心。文字無人識得，近一百年無數考古學家、古文字學家費了大量心力，都無法破解這些文字（或非文字而僅是花紋）的意義。其時全世界大概還未有眞正的文字，要到兩千五百年之後，中國才發明最早的印刷術，更要到三千一百年之後的歐洲中世紀時代，日耳曼的古登堡（Johannes Gutenberg）才從中國的印刷術中得到靈感，而用活字印刷基督教聖經。泥碟上的花紋，大約用四十五個精細雕成的印章依次印在濕泥之上。其所含意義，迄今是考古學中一個饒有興味的難題，不過這不是版畫。）中國版畫成長於隋唐時的佛畫，盛於宋元，到明末而登峯造極，最大的藝術家是陳洪綬（老蓮）。清代版畫普遍發展，年畫盛行於民間。咸豐年間的任渭長，一般認爲是我國傳統版畫最後的一位大師。以後的版畫受到西方美術的影響，和我國傳統的風格頗爲不同了。

我手邊有一部任渭長畫的版畫集《卅三劍客圖》，共有三十三個劍客的圖形，人物的造型十分生動。偶有空閒，翻閱數頁，很觸發一些想像，常常引起一個念頭：「最好能給每一幅圖『挿』一篇短篇小說。」慣例總是畫家爲小說家繪挿圖，古今中外，似乎從未有一個寫小說的人爲一系列的繪畫挿寫小說。

由於讀書不多，這三十三個劍客的故事我知道得不全。但反正是寫小說，不知道原來出典的，不妨任意創造一個故事。幸而潘銘燊兄借給我《劍俠傳》原文，得以知道每個故事的出典。

可是連寫三十三個劍俠故事的心願，始究完成不了。寫了第一篇《越女劍》後，第二篇《虬髯客》的小說就寫不下去了。寫叙述文比寫小說不費力得多，於是改用平鋪直敘的方式，介紹原來的故事。

其中〈虬髯客〉、〈聶隱娘〉、〈紅線〉、〈崑崙奴〉四個故事衆所周知，不再詳細敘述，同時原文的文筆極好，我沒有能力譯成同樣簡潔明麗的語體文，所以附錄了原文。比較生僻的故事則將原文內容用語體文寫出來。英國的莎士比亞離我們不過四百多年，喬塞（G. Chaucet）只在我們六百多年以前，可是現在我們讀他們著作的英文，必須依賴大量注解和疏譯，否則有些字根本不懂。我們這些〈虬髯客〉之類唐人小說，作於一千三四百年之前，現今誦讀，雖非字字皆明，卻也能輕易欣賞其文筆之美，《吳越春秋》更作於東漢年間（公元一、二世紀，在今一千八九百年前），我們今日仍可讀懂，中國文字的優點，由此充分顯示。

這些短文寫於一九七〇年一月和二月，是爲《明報晚報》創刊最初兩個月所作。

趙處女一
處女如公之狙

一　趙處女

江蘇與浙江到宋朝時已漸漸成爲中國的經濟與文化中心，蘇州、杭州成爲出產著名文人和美女的地方。但在春秋戰國時期，吳人和越人卻是勇決剽悍的象徵。那樣的輕視生死，追求生命中最後一剎那的光采，和現代一般中國人的性格相去是這麼遙遠，和現代蘇浙人士的機智柔和更是兩個極端。在那時候，吳人越人血管中所流動的，是原始的、獷野的熱血。吳越本來的文化，更近於苗人、瑤人文化，後世史家有稱爲荆蠻文化的。

吳越的中原性文化是外來的。伍子胥、文種、范蠡都來自西方的楚國。勾踐的另一個重要謀士計然來自北方的晉國。只有西施本色的美麗，才原來就屬於浣紗溪那清澈的溪水。所以，教導越人劍法的那個處女，雖然住在紹興以南的南林，《劍俠傳》中卻說她來自趙國，稱她爲「趙處女」。

但一般書籍中都稱她爲「越女」。

《吳越春秋》中有這樣的記載：

「其時越王又問相國范蠡曰：『孤有報復之謀，水戰則乘舟，陸行則乘輿。輿舟之利，頓於兵弩。今子爲寡人謀事，莫不謬者乎？』范蠡對曰：『臣聞古之聖人，莫不習戰用兵。然行陣、隊伍、軍鼓之事，吉凶決在其工。今聞越有處女，出於南林，國人稱善。願王請之，立可見。』越王乃使使聘之，問以劍戟之術。

「處女將北見於王，道逢一翁，自稱曰『袁公』，問於處女曰：『吾聞子善劍，願一見之。』女曰：『妾不敢多所隱，惟公試之。』於是袁公即杖箖箊（竹名）竹，竹枝上頡橋（向上勁挑），未墮地（『未』應作『末』，竹梢折而跌落），女即捷末（『捷』應作『接』，接住竹梢）。袁公則飛上樹，變爲白猿，遂別去。

「見越王。越王問曰：『夫劍之道如之何？』女曰：『妾生深林之中，長於無人之野，無道不習，不達諸侯，竊好擊劍之道，誦之不休。妾非受於人也，而忽自有之。』越王曰：『其道如何？』女曰：『其道甚微而易，其意甚幽而深。道有門戶，亦有陰陽。開門閉戶，陰衰陽興。凡手戰之道，內實精神，外示安儀。見之似好婦，奪之似懼虎（看上去好像溫柔的女子，一受攻擊，立刻便如受到威脅的猛虎那樣，作出迅速強烈的反應）。布形候氣，與神俱往。杳之若日，偏如騰兔，追形逐影，光若彷彿，呼吸往來，不及法禁，縱橫逆順，直復不聞。斯道者，一人當百，百人當萬。王欲試之，其驗即見。』越王即加女號，號曰『越女』。乃命五板之墮（『墮』應作『隊』）高（『高』是人名，高隊長）習之教軍士，當世莫勝越女之劍。」

《吳越春秋》的作者是東漢時的趙曄，他是浙江紹興人，因此書中記載多抑吳而揚越。元朝的徐天祜爲此書作了考證和注解，他說趙曄「去古未甚遠，曄又山陰人，故綜述視他書紀二國事爲詳。」

書中所記敘越女綜論劍術的言語，的確是最上乘的武學，恐怕是全世界最古的「搏擊原理」，即使是今日的西洋劍術和拳擊，也未見得能超越她所說的根本原則：「內動外靜，後發先至；全神貫注，反應迅捷；變化多端，出敵不意。」

《藝文類聚》引述這段文字時略有變化：「（袁）公即挽林內之竹似枯槁，末折墮地。女接取其末。袁公操其本而刺處女。處女應，即入之。三入，因舉杖擊袁公。袁公則飛上樹，化爲白猿。」

敘述袁公手折生竹，如斷枯木。處女以竹枝的末梢和袁公的竹桿相鬥，守了三招之後還擊一招。袁公不敵，飛身上樹而遁。其中有了擊刺的過程。

《劍俠傳》則說：「袁公即挽林杪之竹似桔槔，末折地，女接其末。公操其本而刺女。女因舉杖擊之。公即上樹，化爲白猿。」

「桔槔」是井上汲水的滑車，當是從《吳越春秋》中「頡橋」兩字化出來的，形容袁公使動竹枝時的靈動。

《東周列國志演義》第八十一回寫這故事，文字更加明白了些：

「老翁即挽林內之竹，如摘腐草，欲以刺處女。竹折，末墮於地。處女即接取竹末，還刺老翁。老翁忽飛上樹，化爲白猿，長嘯一聲而去。使者異之。

「處女見越王。越王賜座，問以擊刺之道。處女曰：『內實精神，外示安佚。見之如婦，奪之似虎。布形候氣，與神俱往。捷若騰兔，追形還影，縱橫往來，目不及瞬。得吾道者，一人當百，百人當萬。大王不信，願得試之。』越王命勇士百人，攢戟以刺處女。處女連接其戟而投之。越王乃服，使教習軍士。軍士受其教者三千人。歲餘，處女辭歸南林。越王再使人請之，已不在矣。」

這故事明明說白猿與處女比劍，但後人的詩文卻常說白猿學劍，或學劍於白猿。庾信的〈宇文盛墓誌〉中有兩句說：「授圖黃石，不無師表之心，學劍白猿，遂得風雲之志。」杜牧有詩說：「授圖黃石老，學劍白猿翁。」所以我在《越女劍》的小說中，也寫越女阿青的劍法最初從白猿處學來。

我在《越女劍》小說中，提到了薛燭和風胡子，這兩人在《越絕書》第十三卷〈外傳・記寶劍〉一篇中有載。

篇末記載：楚王問風胡子，寶劍的威力爲甚麼這樣強大：「楚王於是大悅，曰：

『此劍威耶？寡人力耶？』風胡子對曰：『劍之威也，因大王之神。』楚王曰：『夫劍，鐵耳，固能有精神若此乎？』風胡子對曰：『時各有使然。軒轅、神農、赫胥之時，以石爲兵，斷樹木爲宮室，死而龍臧，夫神聖主使然。至黃帝之時，以玉爲兵，以伐樹木爲宮室、鑿地。夫玉亦神物也，又遇聖主使然，死而龍臧。禹穴之時，以銅爲兵，以鑿伊闕，通龍門，決江導河，東注於東海，天下通平，治爲宮室，豈非聖主之力哉？當此之時，作鐵兵，威服三軍，天下聞之，莫敢不服，此亦鐵兵之神，大王有聖德。』楚王曰：『寡人聞命矣！』」

《越絕書》作於漢代。這一段文字叙述兵器用具的演進，自舊石器、新石器、青銅器而鐵器，與近代歷史家的考證相合，頗饒興味。風胡子將兵刃之所以具有無比威力，歸結到「大王有聖德」五字上，楚王自然要點頭稱善。拍馬屁的手法，古今同例，兩千餘年來似乎也沒有多少新的花樣變出來。

處女是最安靜斯文的人（當然不是現代著迷你裙、跳新潮舞的處女），而猿猴是最活躍的動物。《吳越春秋》這故事以處女和白猿作對比，而讓處女打敗了白猿，是一個很有意味的設想，也是我國哲學「以靜制動」觀念的表現。孫子兵法云：「是故始如處女，敵人開戶，後如脫兔，敵不及拒。」拿處女和奔躍的兔子相對比。或者說：開始故意示弱，令敵人鬆懈，不加防備，然後突然發動閃電攻擊。

白猿會使劍，在唐人傳奇《補江總白猿傳》中也有描寫，說大白猿「遍身長毛，長數寸。所居常讀木簡，字若符篆，了不可識；已，則置石磴下。晴晝或舞雙劍，環身電飛，光圓若月。」

舊小說《綠野仙蹤》中，仙人冷于冰的大弟子是頭白猿，舞雙劍。還珠樓主的《蜀山劍俠傳》中，連續寫了好幾頭會武功的白猿，女主角李英瓊的大弟子就是一頭白猿。

虬髯客二
負心可嘬非公世界

二　虬髯客

〈虬髯客傳〉一文虎虎有生氣，或者可以說是我國武俠小說的鼻祖。我一直很喜愛這篇文章。高中一年級那年，在浙江麗水碧湖就讀，曾寫過一篇〈虬髯客傳的考證和欣賞〉，登在學校的壁報上。明報總經理沈寶新兄和我那時是同班同學，不知他還記得這篇舊文否？當時學校圖書館中書籍無多，自己又幼稚無識，所謂「考證」，只是胡說八道而已，主要考證該傳的作者是杜光庭還是張說，因爲典籍所傳，有此兩說，結論是杜光庭說證據較多。其時教高中三年級國文的老師錢南揚先生是研究元曲的名家，居然對此小文頗加讚揚（認爲「欣賞」部分寫得頗好）。小孩子學寫文章得老師讚好，自然深以爲喜。二十餘年來，每翻到〈虬髯客傳〉，往往又重讀一遍。

這篇傳奇爲現代的武俠小說開了許多道路。有歷史的背景而又不完全依照歷史；有男女青年的戀愛；男的是豪傑，而女的是美人（「乃十八九佳麗人也」）；有深夜的化裝逃亡；有權相的追捕；有小客棧的借宿和奇遇；有意氣相投的一見如故；有尋仇十年而終於食其心肝的虬髯漢子；有神秘而見識高超的道人；有酒樓上的約會和坊曲小宅中的密謀大事；有大量財富和慷慨的贈送；有神氣清朗、顧盼煒如的少年英雄；有帝王和公卿；有驢子、馬匹、匕首和人頭；有弈棋和盛筵；有海船千艘甲兵十萬的大戰；有兵法的傳授……所有這一切，在當代的武俠小說中，我們不是常常讀到嗎？這許多事情或實叙或虛寫，所用筆墨卻只不過兩千字。每一個人物，每一件事，都寫得生動有致。藝術手腕的精煉眞是驚人。當代武俠小說有時用到數十萬字，也未必能達到這樣的境界。

紅拂女張氏是個長頭髮姑娘，傳中說到和虬髯客邂逅的情形：「張氏以髮長委地，立梳牀前。公方刷馬。忽有一人，中形，赤髯而虬，乘蹇驢而來，投革囊於爐前，取枕欹臥，看張梳頭。公怒甚，未決，猶親刷馬。張熟視其面，一手握髮，一手映身搖示公，令勿怒，急急梳頭畢，歛衽前問其姓。」眞是雄奇瑰麗，不可方物。

虬髯客的革囊中有一個人頭，他說：「此人天下負心者，銜之十年，今始獲之，吾憾釋矣。」這個負心的人到底做了甚麼事而使虬髯客如此痛恨，似可鋪叙成爲一篇短篇小說。我又曾想，可以用一些心理學上的材料，描寫虬髯客對於長頭髮的美貌少女有特別偏愛。很明顯，虬髯客對李靖的眷顧，完全是起因於對紅拂女的喜愛，只是英雄豪傑義氣爲重，壓抑了心中的情意而已。由於愛屋及烏，於是盡量幫助李靖，其實眞正的出發點，還是在愛護紅拂女。我國傳統的觀念認爲，愛上別人的妻子是不應該的，正面人物決計不可有這種心理，然而寫現代小說，非但不必有這種顧忌，反應去努力發掘人物的內心世界。

但〈虬髯客傳〉實在寫得太好，不提負心的人如何負心，留下了豐富的想像餘地；虬髯客對紅拂女的情意表現得十分隱晦，也自有他可愛的地方。再加鋪叙，未免是蛇足了。（現代電影和電視的編劇人最愛「加添蛇足」，非此不足以示其陋，總認爲原作有所不足，再加蛇足方爲完全，不明藝術中「空白」的道理。近代中國影視殊少佳作，固不足異。）

《新唐書·李靖傳》中說：「世言靖精風角鳥占、雲侵孤虛之術，爲善用兵。是不然。特以臨機果，料敵明，根於忠智而已。俗人傳著，怪詭禨祥，皆不足信。」李靖南平蕭銑、輔公祏，北破突厥，西定吐谷渾，於唐武功第一，在當時便有種種傳聞，說他精通異術。

唐人傳奇《續玄怪錄·李衛公別傳》中寫李靖代龍王施雨，緒人穫的《隋唐演義》中引用了這故事，《說唐》更把李靖寫成是個會騰雲駕霧的妖道。「風塵三俠」的故事，後世有不少人寫過，更是畫家所愛用的題材。根據這故事而作成戲曲的，明代張鳳翼和張太和都有〈紅拂記〉，凌濛初有〈虬髯翁〉。但後人的鋪演，都寫不出原作的神韻。

鄭振鐸在《中國文學史》中認爲陳忱《後水滸傳》寫李俊等到海外爲王，是受了

〈虬髯客傳〉的影響，頗有見地。然而他說〈虬髯客傳〉「是一篇荒唐不經的道士氣息很重的傳奇文」，以「荒唐不經」四字來評論這「唐代第一篇短篇小說」（胡適的意見），讀文學而去注重故事的是否眞實，完全不珍視它的文學價值，當是過分重視現實主義的文學理論之過。

歷史上的名將當然總是勝多敗少，但李靖一生似乎從未打過敗仗，那確是古今中外極罕有的事。可是他一生之中，也遇過三次大險。

第一次，他還在隋朝做小官，發覺李淵有造反的跡象，便要到江都去向隋煬帝告發，因道路不通而止。李淵取得長安後，捉住了李靖要斬。李靖大叫：「公起義兵，本爲天下除暴亂，不欲就大事而以私怨斬壯士乎？」李淵覺得他言詞很有氣概，李世民又代爲說項，於是饒了他。這是正史上所記載李靖結識、追隨李世民的開始。

李淵做皇帝後，派李靖攻蕭銑，因兵少而無進展。李淵還記著他當年要告發自己造反的舊怨，暗下命令，叫峽州都督許紹殺了他。許紹知道李靖有才能，極力代爲求情。不久，李靖以八百兵大破冉肇則，俘虜五千餘人。李淵大喜，對衆公卿說：「使功不如使過，這一次做對了。」有功的人恃功而驕，往往誤事，而存心贖罪之人，小心謹愼，全力以赴，成功的機會反大，那便是所謂「使功不如使過」。李淵於是親筆寫了一封敕書給李靖，說：「既往不咎，舊事吾久忘之矣！」其實說「久忘之矣」，畢竟還是不忘，只不過鄭重聲明以後不再計較而已，所以在慰勞他的文書中說：「卿竭誠盡力，功效特彰，遠覽至誠，極以嘉賞。勿憂富貴也！」

但最危險的一次，是在他大破突厥之後。突厥是唐朝大敵，武力十分強大。李淵初起兵時，不得不向之稱臣，唐朝君臣都引爲奇恥大辱。李世民削平羣雄，統一天下，突厥卻一再來犯，有一次一直攻到京城長安外的渭水邊，李世民干冒大險，親自出馬與之結盟。後來李靖竟將之打得一蹶不振，全國上下的興奮可想而知。當時太宗大喜之下，大赦天下，下旨遍賜百姓酒肉，全國狂歡五日。（突厥人後來敗退西遷，在西方建立土耳其帝國。李靖這個大勝仗，對歐洲歷史有極重大影響。我在記土耳其之遊的〈憂鬱的突厥武士們〉一文中曾談到。）

李靖立下這樣的大功，班師回朝，那知御史大夫立即就彈劾他，罪名是：「軍無綱紀，致令虜中奇寶，散於亂兵之手。」這實在是個莫名其妙的罪名。太宗卻對李靖大加責備。李靖很聰明，知道自己立功太大，皇帝內心一定不喜歡，御史的彈劾，不過是揣摩了皇帝的心理來跟自己過不去而已，他並不聲辯，只連連磕頭，狠狠的自我批評一番。唐太宗這才高興了，說：「隋將史萬歲破達頭可汗，有功不賞，反而因罪被殺。朕則不然，當赦公之罪，錄公之勛。」於是加官頒賞。

更後來又有兩名大將誣告李靖造反，一個是打平高昌國的兵部尚書侯君集，另一個是大將高甑生。這二人都是李世民做秦王時秦王府中的親信武官，曾助他佔奪帝位，幸好李世民很精明，沒有偏信嫡系親信，查明了誣告的眞相，沒有冤枉李靖，但也危險得很了。

後來李靖繼續立功，但明白「功高震主」的道理，從來不敢攬權。《舊唐書》說：「靖性沉厚，每與時宰參議，恂恂然似不能言。」又說他：「臨戎出師，凜然威斷；位重能避，功成益謙。」所以直到七十九歲老死，並沒被皇帝鬥倒鬥垮。《舊唐書》論二李（衛國公李靖、英國公李勣），贊曰：「功以懋賞，震主則危。辭祿避位，除猜破疑。功定華夷，志懷忠義。白首平戎，賢哉英衛。」

唐人韋端符〈衛公故物記〉一文記載，在李靖的後裔處見到李靖遺留的一些故物，有李世民的賜書二十通，其中有幾封詔書是李靖病重時的慰問信。一封中說：「有晝夜視公病大老嫗，令一人來，吾欲熟知起居狀。」（派一名日夜照料你病的老看護來，我要親自問她，好詳細知道你病勢如何。）可見李世民直到李靖逝世，始終對他極好，詔書中稱之爲「公」而自稱「吾」，甚有禮貌。

研究中國歷史上這些大人物的心理和個性，是一件很有趣味的事。千百年來物質生活雖然改變極大，但人的心理、對權力之爭奪和保持的種種方法，還是極少有甚麼改變。

附錄　虬髯客傳

隋煬帝之幸江都也。命司空楊素守西京。素驕貴，又以時亂，天下之權重望崇者，莫我若也，奢貴自奉，禮異人臣。每公卿入言，賓客上謁，未嘗不踞牀而見，令美人捧出，侍婢羅列，頗僭於上，末年愈甚，無復知所負荷、有扶危持顛之心。一日，衛公李靖以布衣上謁，獻奇策。素亦踞見。公前揖曰：「天下方亂，英雄競起。公爲帝室重臣，須以收羅豪傑爲心，不宜踞見賓客。」素斂容而起，謝公，與語，大悅，收其策而退。

當公之騁辯也，一妓有殊色，執紅拂，立於前，獨目公。公既去，而執拂者臨軒，指吏曰：「問去者處士第幾？住何處？」公具以對。妓誦而去。（按：當時人稱「妓」，實則指侍女，古文中「妓」有「美女」之意。）

公歸逆旅。其夜五更初，忽聞叩門而聲低者，公起問焉。乃紫衣帶帽人，杖揭一囊。公問誰？曰：「妾，楊家之紅拂妓也。」公遽延入。脫衣去帽，乃十八九佳麗人也。素面華衣而拜。公驚答拜。曰：「妾侍楊司空久，閱天下之人多矣，無如公者。絲蘿非獨生，願託喬木，故來奔耳。」公曰：「楊司空權重京師，如何？」曰：「彼尸居餘氣，不足畏也。諸妓知其無成，去者衆矣。彼亦不甚逐也。計之詳矣。幸無疑焉。」問其姓，曰：「張。」問其伯仲之次。曰：「最長。」觀其肌膚儀狀、言詞氣性，眞天人也。公不自意獲之，愈喜愈懼，瞬息萬慮不安。而窺戶者無停屨。數日，亦聞追討之聲，意亦非峻。乃雄服乘馬，排闥而去。

將歸太原。行次靈石旅舍，既設牀，爐中烹肉且熟。張氏以髮長委地，立梳牀前。公方刷馬，忽有一人，中形，赤髯如虬，乘蹇驢而來。投革囊於爐前，取枕欹臥，看張梳頭。公怒甚，未決，猶刷馬。張熟視其面，一手握髮，一手映身搖示公，令勿怒。急急梳頭畢，斂衽前問其姓。臥客答曰：「姓張。」對曰：「妾亦姓張。合是妹。」遽拜之。問第幾。曰：「第三。」問妹第幾。曰：「最長。」遂喜曰：「今夕幸逢一妹。」張氏遙呼：「李郎且來見三兄！」公驟禮之。遂環坐。曰：「煮者何肉？」曰：「羊肉，計已熟矣。」客曰：「饑。」公出市胡餅。客抽腰間匕首，切肉共食。食竟，餘肉亂切送驢前食之，甚速。

客曰：「觀李郎之行，貧士也。何以致斯異人？」曰：「靖雖貧，亦有心者焉。他人見問，故不言，兄之問，則不隱耳。」具言其由。曰：「然則將何之？」曰：「將避地太原。」曰：「然。吾故非君所致也。」曰：「有酒乎？」曰：「主人西，則酒肆也。」公取酒一斗。既巡，客曰：「吾有少下酒物，李郎能同之乎？」曰：「不敢。」

於是開革囊，取一人頭並心肝。卻頭囊中，以匕首切心肝，共食之。曰：「此人天下負心者，銜之十年，今始獲之。吾憾釋矣。」又曰：「觀李郎儀形器宇，眞丈夫也。亦聞太原有異人乎？」曰：「嘗識一人，愚謂之眞人也。其餘，將帥而已。」曰：「何姓？」曰：「靖之同姓。」曰：「年幾？」曰：「僅二十。」曰：「今何爲？」曰：「州將之子。」曰：「似矣。亦須見之。李郎能致吾一見乎？」曰：「靖之友劉文靜者，與之狎。因文靜見之可也。然兄何爲？」曰：「望氣者言太原有奇氣，使吾訪之。李郎明發，何日到太原？」靖計之日。曰：「期達之明日，日方曙，候我於汾陽橋。」言訖，乘驢而去，其行若飛，迴顧已失。

公與張氏且驚且喜，久之，曰：「烈士不欺人。固無畏。」促鞭而行。及期，入太原。果復相見。大喜，偕詣劉氏。詐謂文靜曰：「有善相者思見郎君，請迎之。」文靜素奇其人，一旦聞有客善相，遽致使迎之。使迴而至，不衫不履，褐裘而來，神氣揚揚，貌與常異。虬髯默然居末坐，見之心死，飲數杯，招靖曰：「眞天子也！」公以告劉，劉益喜，自負。既出，而虬髯曰：「吾得十八九矣。然須道兄見之。李郎宜與一妹復入京。某日午時，訪我於馬行東酒樓，樓下有此驢及瘦驢，即我與道兄俱在其上矣。到即登焉。」又別而去，公與張氏復應之。

及期訪焉，宛見二乘。攬衣登樓，虬髯與一道士方對飲，見公驚喜，召坐。圍飲十數巡，曰：「樓下櫃中，有錢十萬。擇一深隱處駐一妹。某日復會於汾陽橋。」

如期至，即道士與虬髯已到矣。俱謁文靜。時方弈棋，揖而話心焉。文靜飛書迎文皇看棋。道士對弈，虬髯與公傍侍焉。俄而文皇到來，精采驚人，長揖而坐。神氣清朗，滿坐風生，顧盼煒如也。道士一見慘然，下棋子曰：「此局全輸矣！於此失卻局哉！救無路矣！復奚言！」罷弈而請去。既出，謂虬髯曰：「此世界非公世界。他方可也。勉之，勿以為念。」因共入京。虬髯曰：「計李郎之程，某日方到。到之明日，可與一妹同詣某坊曲小宅相訪。李郎相從一妹，懸然如磬。欲令新婦祗謁，兼議從容，無前卻也。」言畢，吁嗟而去。

公策馬而歸。即到京，遂與張氏同往。至一小板門，扣之，有應者，拜曰：「三郎令候李郎一娘子久矣。」延入重門，門愈壯麗。婢四十人，羅列廷前。奴二十人，引公入東廳。廳之陳設，窮極珍異，巾箱、妝奩、冠鏡、首飾之盛，非人間之物。巾櫛妝飾畢，請更衣，衣又珍異。既畢，傳云：「三郎來！」乃虬髯紗帽裼裘而來，亦有龍虎之狀，歡然相見。催其妻出拜，蓋亦天人耳。遂延中堂，陳設盤筵之盛，雖王公家不侔也。

四人對饌訖，陳女樂二十人，列奏於前，似從天降，非人間之曲。食畢，行酒。家人自東堂舁出二十牀，各以錦繡帕覆之。既陳，盡去其帕，乃文簿鑰匙耳。虬髯曰：

「此盡寶貨泉貝之數。吾之所有，悉以充贈。何者？欲以此世界求事，當或龍戰三二十載，建少功業。今既有主，住亦何爲？太原李氏，眞英主也。三五年內，即當太平。李郎以奇特之才，輔清平之主，竭心盡善，必極人臣。一妹以天人之姿，蘊不世之藝，從夫之貴，以盛軒裳。非一妹不能識李郎，非李郎不能榮一妹。起陸之漸，際會如期，虎嘯風生，龍騰雲萃，固非偶然也。持余之贈，以佐眞主，贊功業也，勉之哉！此後十年，當東南數千里外有異事，是吾得事之秋也。一妹與李郎可瀝酒東南相賀。」因命家童列拜，曰：「李郎一妹，是汝主也！」言訖，與其妻從一奴，乘馬而去。數步，遂不復見。

公據其宅，乃爲豪家，得以助文皇締構之資，遂匡天下。

貞觀十年，公以左僕射平章事。適東南蠻入奏曰：「有海船千艘，甲兵十萬，入扶餘國，殺其主自立。國已定矣。」公心知虬髯得事也。歸告張氏，具衣拜賀，瀝酒東南祝拜之。

乃知眞人之興也，非英雄所冀。況非英雄者乎？人臣之謬思亂者，乃螳臂之拒走輪耳。我皇家垂福萬葉，豈虛然哉。或曰：「衛公之兵法，半乃虬髯所傳耳。」（原文完）

〈虬髯客傳〉是唐人傳奇的精品。唐人寫傳奇小說，有一部分有實用目的。唐代士人去京城考進士，主考官往往對考生的文名已先有印象。有些考生本來文名不夠，便寫些詩文送呈考官欣賞。但考官通常對這些詩文置之不理，有些考生別出心裁，寫成短篇的傳奇，敍述中表露文采，再加上一兩首詩歌。考官受到傳奇中故事的吸引，便閱讀一遍，就此對作者有了印象。金庸如在唐代去考進士，將短篇小說《越女劍》或《鴛鴦刀》送給考官一閱，考官或者對我的文章會有一點點印象，不過也可能他認爲太過胡鬧荒誕，決定「不取」。

〈虬髯客〉一文出於《太平廣記》。《太平廣記》是宋太宗太平興國二年所編集的一部小說筆記集。太平興國二年爲公元九七七年，早一年太祖趙匡胤去世，親弟趙匡義即位，年號「太平興國」。趙匡義喜歡文學學術，命翰林學士李昉等編了一部大百科全書，共一千卷，名「太平御覽」，是全世界最早最大的百科全書。又編集小說筆記等爲一書，名「太平廣記」。唐朝宋初以前的許多文學著作，幸虧編入了這部小說集，才不致散失。

〈虬髯客〉的作者有兩說，一說是張說，一說是杜光庭。

我剛入初中，是在浙江嘉興中學初中一年級，教中國歷史的劉老師身體瘦弱，但學問很好，講到唐朝的文人時，他坐在椅上，轉身在黑板上寫了「燕許大手筆」五字，說燕國公張說、許國公蘇頲的文章極好。劉老師還說到，張說的「說」字，應當讀作「悅」

音，出於《論語》中「子曰：『學而時習之，不亦說乎？』」，如果讀作說話的「說」，就讀錯了。我聽了印象深刻，很覺得中文之難之美。直到現在，我還感激中學時那幾位學問淵博的老師。張說是唐玄宗時的宰相，他文名早著，不用爲考進士而作這篇文章。

另一說此文作者杜光庭是道士，後來在蜀國王建所割據的政權中做大官。文中說到道人和望氣、相面、宿命等等觀念，接近道教，又似乎有吹捧王建的政治宣傳作用，說眞命天子有宿命、有形相、有氣勢，普通人須安於本分，即使像虬髯客這樣的英雄，也不可妄自覬覦大位，只有王建，才是「眞命天子」。

杜光庭字賓至，浙江縉雲人，曾學道於天台山（我最近改寫《天龍八部》，寫到喬峯和阿朱到天台山國清寺，我便和浙大的教授們一起去遊天台山，見該山美景清幽，確是學道學禪的佳地），在唐末爲內供奉，後來因亂而入蜀，在王建政權中作官，任金紫光祿大夫、諫議大夫，王建仍當他是道士，封他道號「廣成先生」。王建去世後，後主立，封他爲傳眞天師、崇眞觀大學士。他後來辭官隱居四川青城山，號「東瀛子」，著書甚多，有《錄異記》十卷。魯迅先生在所編的《唐宋傳奇集》中談到杜光庭時，說「光庭嘗作《王氏神仙傳》一卷，以悅蜀王。」傳說中姓王的神仙不少，有王子喬等等，杜光庭既以王家神仙來拍王建的馬屁，則作〈虬髯客傳〉也不爲奇。

《續玄怪錄》中還寫了李靖一則神怪故事。說李靖少年時常去打獵，一晚山中迷路，向人借宿，原來那人家是龍王，半夜裏龍王娘娘叫醒他，說天帝有命令到，要即刻下雨，但龍子龍孫都出門未歸，請他代爲降雨。李靖只得應命，騎了天馬，拿小瓶子去灑雨。事畢回家，龍王娘娘爲酬他辛勞，送他兩個丫環。一個溫柔和悅，一個憤怒兇狠。李靖不好意思都受，只受一個，他想自己是獵人，帶一個溫柔的丫環會給人取笑，於是挑了那個兇狠的。後人說，只因他選了那個武勇的丫環，後來才只做大將軍和元帥，如果兩個都要，將來便出將入相，文官武將都居極品。

其實李靖雖做統軍的元帥，立下極大戰功，但一生小心謹愼，不敢居功，皇帝唐太宗對他很放心，曾命他做到相等於署理國務院總理的大官（檢校中書令、尚書右僕射），品級與魏徵相同。李靖後來因病辭官，太宗堅決挽留，命他疾病稍愈後每三天一次到國務院主持政事（「若疾少間，三日一至門下中書平章政事」）。其後又統率大軍平定吐谷渾，封衛國公。所以他其實也是出將入相，文官武將都升到最高位。

〈虬髯客傳〉文章雖妙，但許多地方不符史書所載。據《唐書・李靖傳》，李靖察知李淵要造反，要去江都向隋煬帝告發，李淵奪到長安後要斬他，得李世民解救才脫難，因此李靖不會事先識得李世民，照本文所述，他也不會去告發李淵父子。又，李淵於大業十二年十二月留守太原，楊素已於大業二年七月去世，相距已十一年，楊素亦未於煬帝末年留守長安。又據《新舊唐書》，當時並無扶餘國，惟說高麗百濟是扶餘別種。高麗國有扶餘城，如說扶餘即朝鮮，那是在中國的東北方，並非如文中所說的東南。又，據筆記小說《酉陽雜俎》等書，說唐太宗虬髯，髫子上翹，可掛一張弓，杜甫〈贈汝陽郡王璡詩〉云：「虬鬚似太宗。」杜甫〈送重表姪王砅評事使南海詩〉：「次問最少年，虬髯十八九。子等成大名，皆因此人手。下云風雲合，龍虎一吟吼。願展丈夫雄，得辭兒女醜。秦王時在座，眞氣驚戶牖。」唐人傳說中，眞正的虬髯客倒是唐太宗，杜光庭根據這傳說，加以變化，寫入小說，在歷史小說那是可以容許的。

據《唐書》，李靖是隋朝大降韓擒虎的外甥，是高幹子弟，早就識得楊素。楊素常拍拍自己的座位，對李靖說：「我這個位子，將來終究是你坐的。」李靖少年時便通兵法，韓擒虎和他談論軍事，常說：「只有他，才可和他談論孫吳兵法。」《唐書》說他「姿貌魁秀」，身體既壯健，相貌又清秀，難怪紅拂女張大小姐一見動心，竟然私奔相就。後代年畫等民間繪畫中畫「風塵三俠」，李靖是小白臉，紅拂女是美少女，虬髯客當然是虬髯大漢。

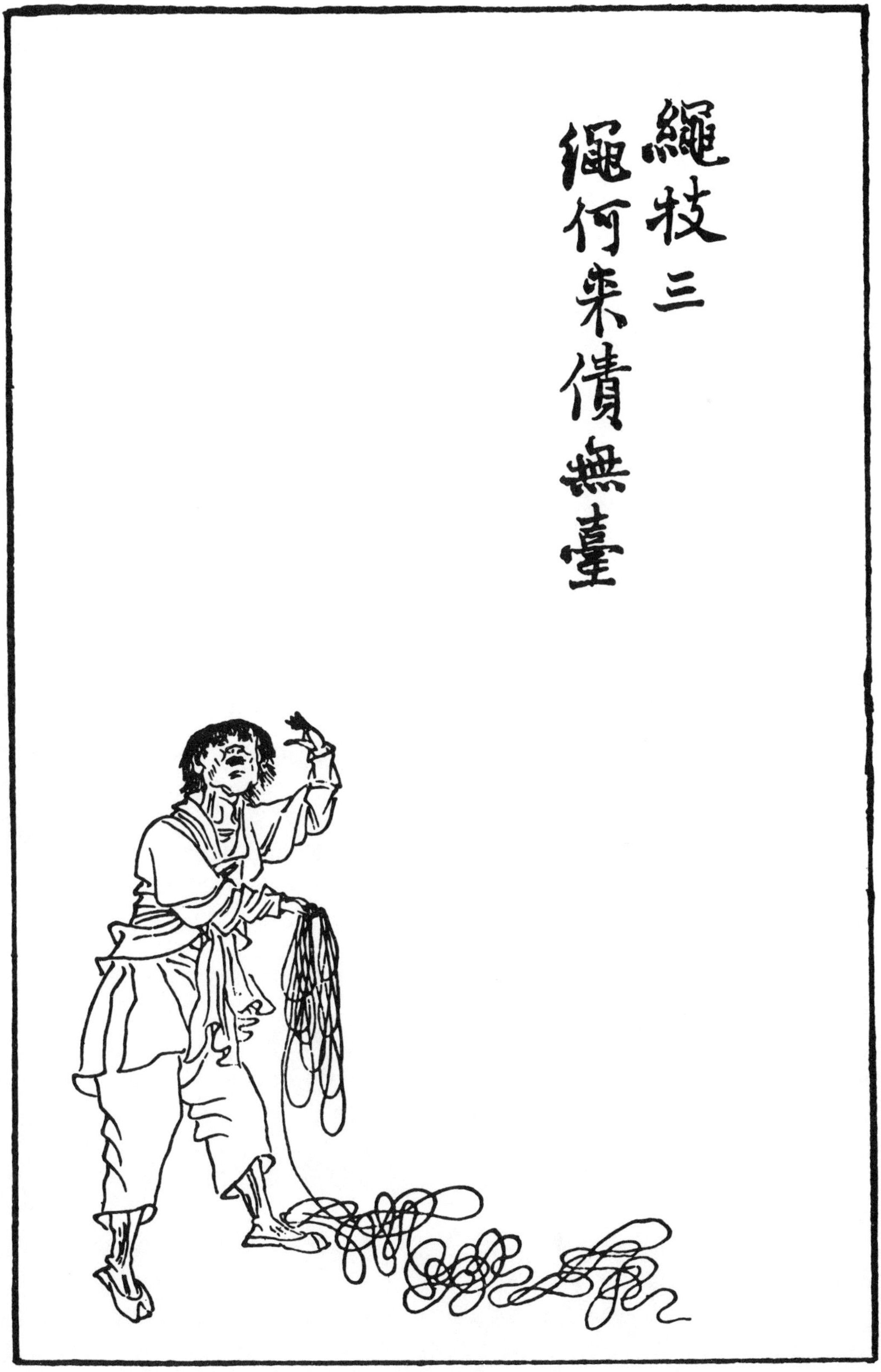
繩技 三
繩何來債無臺

三　繩技

這部版畫集畫刻俱精，取材卻殊不可恭維。三十三個人物之中，有許多根本不是「劍客」，只不過是異人而已，例如本節玩繩技的男子。

〈繩技〉的故事出唐人皇甫氏所作《源化記》中的〈嘉興繩技〉。

唐朝開元年間，天下昇平，風流天子唐明皇常常下令賜百姓酒食，舉行嘉年華會（史書上稱爲「酺」，習慣上常常是「大酺五日」）。這一年又舉行了，浙江嘉興的縣司和監司比賽節目的精采，雙方全力以赴。監司通令各屬，選拔良材。

各監獄官在獄中談論：「這次我們的節目若是輸給了縣司，監司一定要大發脾氣。但只要我們能策劃一個拿得出去的節目，就會得賞。」衆人到處設法，想找些特別節目。

獄中有一個囚犯笑道：「我倒有一樁本事，只可惜身在獄中，不能一獻身手。」獄吏驚問：「你有甚麼本事？」囚犯道：「我會玩繩技。」獄吏便向獄官報告。獄官查問此人犯了甚麼罪。獄吏道：「此人欠稅未納，別的也沒甚麼。」獄官親去查問，說：

「玩繩技嘛，許多人都會的，又有甚麼了不起了？」囚犯道：「我所會的與旁人略有不同。」獄官問：「怎樣？」囚犯道：「衆人玩的繩技，是將繩的兩頭繫了起來，然後在繩上行走迴旋。我卻用一條手指粗細的長繩，並不繫住，拋向空中，騰擲翻覆，有各種各樣的變化。」

獄官又驚又喜，次日命獄吏將囚犯領到戲場。各種節目表演完畢之後，命此人演出繩技。此人捧了一團長繩，放在地上，將一頭擲向空中，其勁如筆，初拋兩三丈，後來加到四五丈，一條長繩直向天升，就像半空中有人拉住一般。觀衆大爲驚異。這條繩越拋越高，竟達二十餘丈，繩端沒入雲中。此人忽然向上攀援，身足離地，漸漸爬高，突然間長繩在空中盪出，此人便如一頭大鳥，從旁邊飛出，不知所蹤，竟在衆目睽睽之下逃走了。

這個嘉興男子以長繩逃稅，一定令全世界千千萬萬無計逃稅之人十分羨慕。

值得討論的，是這個會玩繩技異術的人所欠的是甚麼稅？隋朝蘇威與高熲兩個賢明的大臣改革稅制，財政大大改善，因之有「開皇之富」，爲唐朝的經濟大發展奠定了基礎。唐初實行稅制改革，租庸調制大爲成功，成爲中世紀經濟發展的重要因素。到武周時代，大臣崔融主張保護工商業，反對向行商課徵商稅，促使工商業發展，資本主義見到一些萌芽。本文故事寫的是唐玄宗時代的事，當時稅收上最大的改變，是大臣劉彤向玄宗建議開徵鹽鐵資源稅，得到批准實行，便是所謂「收山澤之利」。這項徵稅政策，著眼點是重農，目的是收了鹽鐵稅之後，減輕農業稅，但從社會經濟發展的全面來看，可能是抑制了工商業發展。當時工商業不發達，向鹽鐵收稅，使得最初步的工商業也興旺不起來，和今日取消農業稅的經濟背景全然不同。從歷史觀察，這個嘉興繩技人所欠的大概是鹽鐵稅。後來唐朝財政大臣劉晏、楊炎等所實施的稅制改革，如兩稅法等等，那是在安史之亂以後，與這位嘉興繩技人不相干了。

這種繩技據說在印度尚有人會，言者鑿鑿。但英國人統治印度期間，曾出重賞徵求，卻也無人應徵。

筆者到印度觀光時，曾詢問當地的學者，無人能妥善答覆，後來向一位在香港的印度朋友Sam Sekon先生請教。他肯定的說：「印度有人會這技術。這是羣體性催眠術，是一門十分危險的魔術。如果觀衆之中有人精神力量極強，不受催眠，施術者自己往往會有生命危險。」

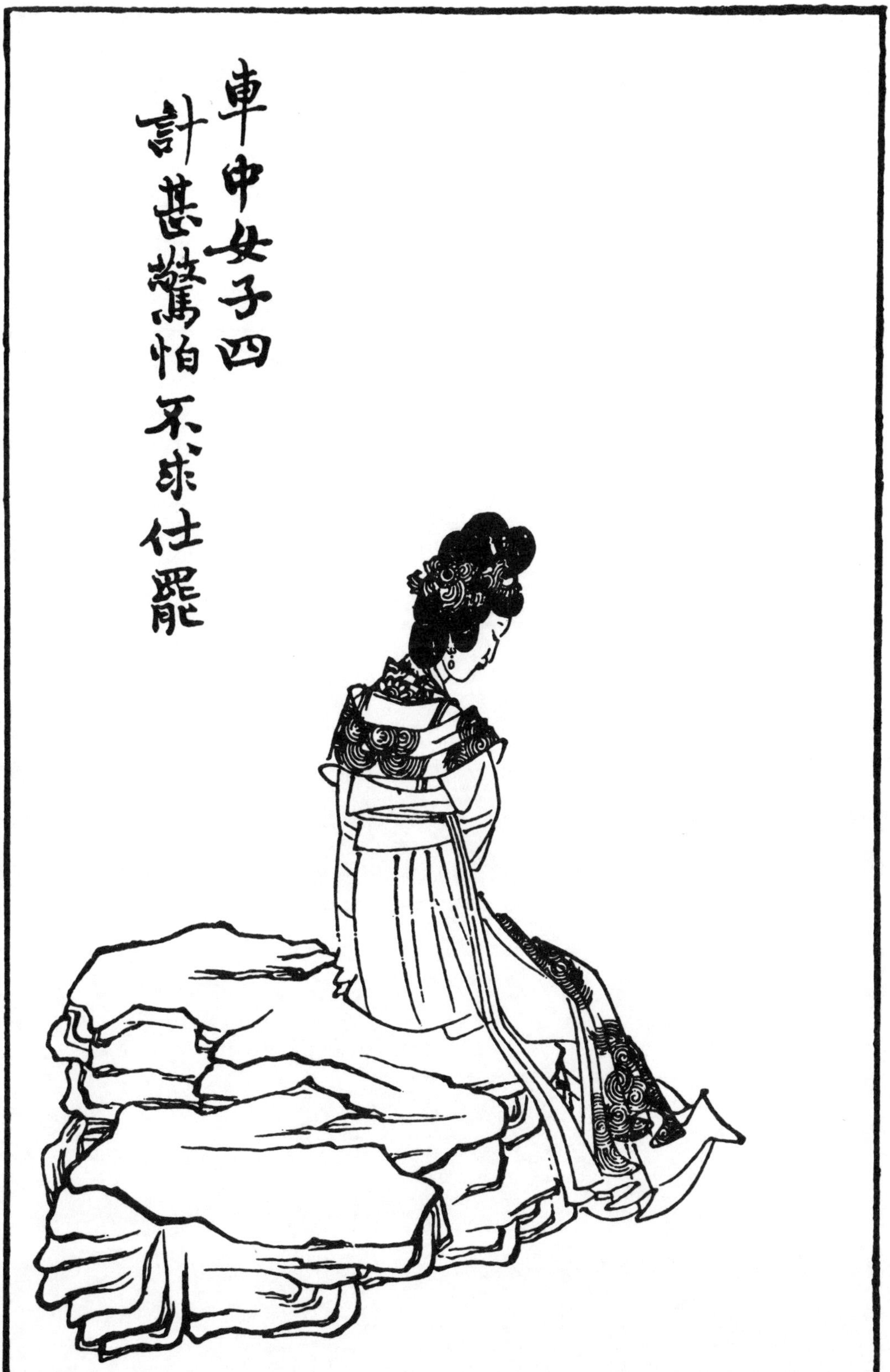
車中女子四
計甚驚怕不求仕罷

四　車中女子

唐朝開元年間，吳郡有一個舉人到京城去應考求仕。到了長安後，在街坊閒步，忽見兩個身穿麻布衣衫的少年迎面走來，向他恭恭敬敬的作揖行禮，但其實並非相識。舉人以爲他們認錯了人，也不以爲意。

過了幾天，又遇到了。二人道：「相公駕臨，我們未盡地主之誼，今日正要前來奉請，此刻相逢，那再好也沒有了。」一面行禮，一面堅持相邀。舉人雖甚覺疑怪，但見對方意誠，便跟了去。過了幾條街，來到東市的一條胡同中，有臨路店數間，一同進去，見舍宇頗爲整齊。二人請他上坐，擺設酒席，甚爲豐盛，席間相陪的尚有幾名少年，都是二十餘歲年紀，執禮甚恭，但時時出門觀望，似在等候貴客。一直等到午後，衆人說道：「來了，來了！」

只聽得門外車聲響動，一輛華貴的鈿車直駛到堂前，車後有數少年跟隨。車帷捲起，一個女子從車中出來，約十七八歲，容貌艷麗，頭上簪花，戴滿珠寶，穿著素色綢衫。兩個少年拜伏在地，那女子不答。舉人亦拜，女子還禮，請客人進內。女子居中向外而坐，請二人及舉人入席。三人行禮後入座。又有十餘名少年，都衣服輕新，列坐於客人下首。

僕役再送上菜餚，極爲精潔。酒過數巡，女子舉杯向舉人道：「二君盛稱尊駕，今日相逢，大是欣慰。聽說尊駕身懷絕技，能讓我們一飽眼福嗎？」舉人卑遜謙讓，說道：「自幼至長，唯習儒經，絃管歌曲，從未學過。」女子道：「我所說的並非這些。相公請仔細想想有甚麼特別技能。」

舉人沉思良久，說道：「在下在學堂之時，少年頑皮，曾練習著了靴子上牆壁走路，可以走得數步。至於其餘的戲耍玩樂，卻實在都不會。」女子喜道：「原是要請你表演這項絕技。」

舉人於是出座，提氣疾奔，衝上牆壁，行走數步，這才躍下。女子道：「那也不容易得很了。」迴顧座中諸少年，令各人獻技。

諸少年俱向女子拜伏行禮，然後各獻妙技。有的縱身行於壁上，有的手撮椽子，行於半空，各有輕身功夫，狀如飛鳥。舉人見所未見，拱手驚懼，不知所措。過不多時，女子起身，辭別出門。舉人驚嘆，回到寓所後，心神恍惚，不知那女子和衆少年是何等樣人。

過了數日，途中又遇到二人。二人問道：「想借尊駕的坐騎一用，可以嗎？」舉人當即答允。

第二日，京城中傳出消息，說皇宮失竊。官府掩捕盜賊，搜查甚緊，但只查到一匹馱負贓物的馬匹，驗問馬主，終於將舉人捉了去，送入內侍省勘問。衙役將他驅入一扇小門，用力在他背上一推。舉人一個倒栽觔斗，跌入了一個數丈深的坑中，爬起身來，仰望屋頂，離坑約有七八丈，屋頂只開了一個尺許的小孔。

舉人心中惶急，等了良久，見小孔中用繩縋了一缽飯菜下來。舉人正餓得狠了，急忙取食。吃完後，長繩又將食缽吊了上去。

舉人夜深不眠，心中忿甚，尋思無辜爲人所害，此番只怕要畢命於此。正煩惱間，一抬頭，忽見一物有如飛鳥，從小孔中躍入坑中，卻是一人。這人以手拍拍他，說道：「計甚驚怕。然某在，無慮也。」（一定很受驚了罷？但有我呢，不用躭心。）聽聲音原來便是那車中女子。只聽她又道：「我救你出去。」取出一疋絹來，一端縛住了他胸膊，另一端縛在她自己身上。那女子聳身騰上，帶了那舉人飛出宮城，直飛出離宮門數十里，這才躍下，說：「相公且回故鄉去，求仕之計，將來再說罷。」

舉人徒步潛竄，乞食寄宿，終於回到吳地，但從此再也不敢到京城去求功名了。

這故事也出《源化記》，所描寫的這個盜黨，很有現代味道。首領是一個武功高強的美麗少女，下屬都是衣著華麗的少年。這情形一般武俠小說都沒寫過。盜黨居然大偷皇宮的財寶，可見厲害。盜黨爲甚麼要找上這個舉人，很引發人的想像。似乎這個蘇州舉人年少英俊，又有上壁行走的輕功，爲盜黨所知，女首領便想邀他入夥，但一試他的功夫，卻又平平無奇，於是打消了初意。向他借一匹馬，只不過是故意陷害，讓他先給官府捉去，再救他出來，他變成了越獄的犯人，就永遠無法向官府告密了。

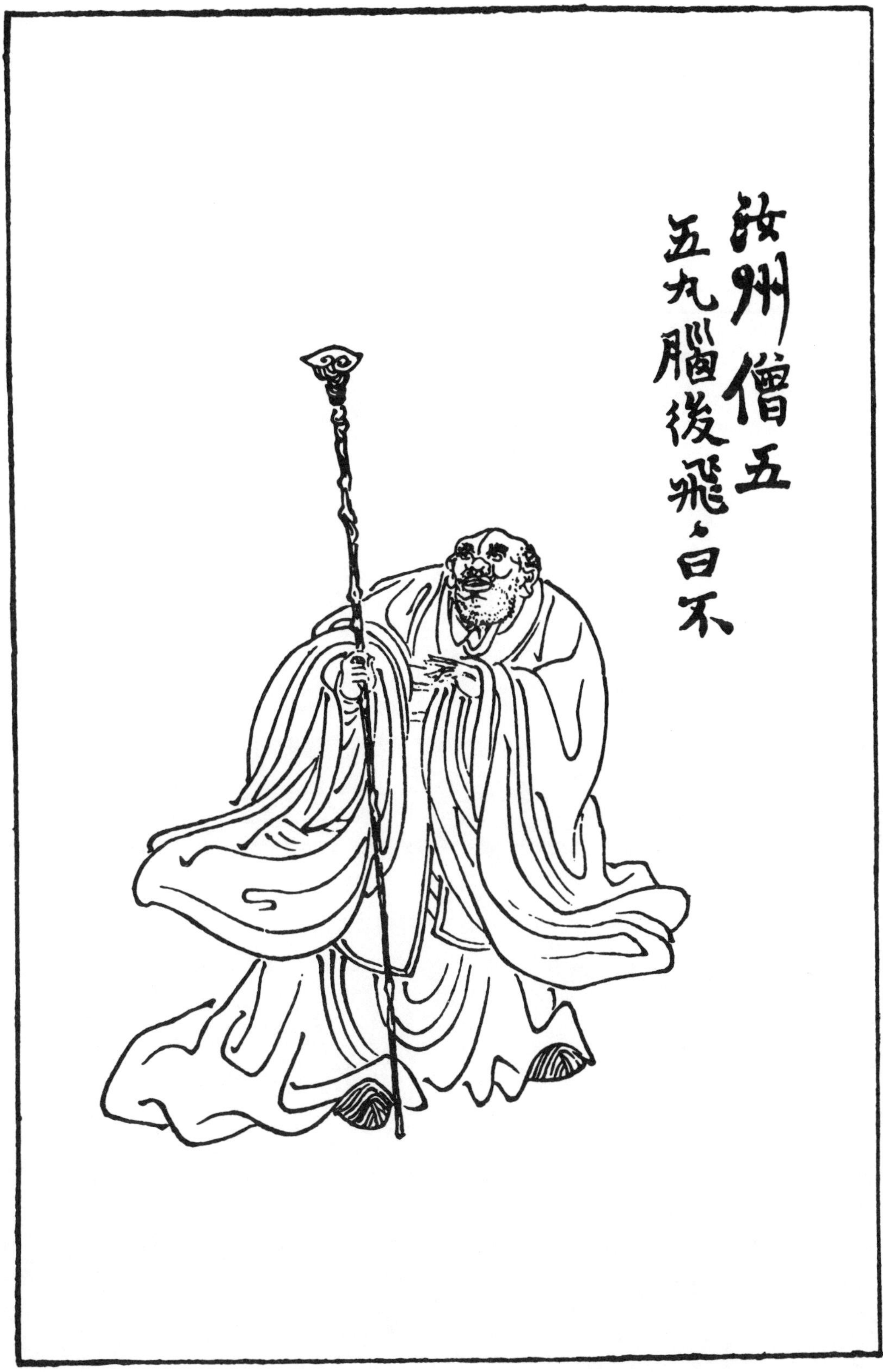
汝州僧五
五九腦後飛白不

五　汝州僧

唐朝建中年間，士人韋生搬家到汝州去住，途中遇到一僧，並騎共行，言談很是投機。傍晚時分，到了一條歧路口。僧人指著歧路道：「過去數里，便是貧僧的寺院，郎君能枉顧嗎？」韋生道：「甚好。」於是命夫人及家口先行。僧人即指揮從者，命他們趕赴寺中，準備飲食，招待貴客。

行了十餘里，還是沒有到。韋生問及，那僧人指著一處林煙道：「那裏就是了。」待得到達該處，僧人卻又領路前行。越走越遠，天已昏黑。韋生心下起疑，他素善彈弓暗器之術，於是暗暗伸手到靴子中取出彈弓，左手握了十餘枚銅丸，才責備僧人道：「弟子預定即日趕到汝州，偶相邂逅，因圖領教上人清論，這才勉從相邀。現下已行了二十餘里，還是未到，不知何故？卻要請教。」

那僧人笑道：「不用心急，這就到了。」說著快步向前，行出百餘步。韋生知他是盜，當下提起彈弓，呼的一聲，射出一丸，正中僧人後腦。豈知僧人似乎並無知覺。韋生連珠彈發，五丸飛出，皆中其腦。僧人這才伸手摸了摸腦後中彈之處，緩緩的道：「郎君莫惡作劇。」

韋生知道奈何他不得，也就不再發彈，心下甚是驚懼。又行良久，來到一處大莊院前，數十人手執火炬，迎了出來，執禮甚恭。

僧人肅請韋生入廳就坐，笑道：「郎君勿憂。」轉頭問左右從人：「是否已好好招待夫人？」又向韋生道：「郎君請去見夫人罷，就在那一邊。」韋生隨著從人來到別廳，只見妻子和女兒都安然無恙，飲食供應極是豐富。三人知道身入險地，不由得相顧涕泣。韋生向妻子女兒安慰幾句，又回去見那僧人。

僧人上前執韋生之手，說道：「貧僧原是大盜，本來的確想打你的主意，卻不知郎君神彈，妙絕當世，若非貧僧，旁人亦難支持。現下別無他意，請勿見疑。適才所中郎君彈丸，幸未失卻。」伸手一摸後腦，五顆彈丸都落了下來。

韋生見這僧人具此武功，心下更是慄然。不一會陳設酒筵，一張大桌上放了一頭蒸熟的小牛，牛身上插了十餘把明晃晃的鋒利刀子，刀旁圍了許多麵餅。

僧人揖韋生就座，道：「貧僧有義弟數人，欲令謁見。」說著便有五六條大漢出來，列於階下，都身穿紅衣，腰束巨帶。僧人喝道：「拜郎君！」衆大漢一齊行禮。韋生拱手還禮。僧人道：「郎君武功卓絕，世所罕有。你們若是遇到郎君，和他動手，立即便粉身碎骨了。」

食畢，僧人道：「貧僧爲盜已久，現下年紀大了，決意洗手不幹，可是不幸有一犬子，武藝勝過老僧，請郎君爲老僧作個了斷。」於是高聲叫道：「飛飛出來，參見郎君！」後堂轉出一名少年，碧衣長袖，身形瘦削，皮肉如臘，又黃又乾。僧人道：「到後堂去侍奉郎君。」飛飛走後，僧人取出一柄長劍交給韋生，又將那五顆彈丸還給他，說道：「請郎君出全力殺了這孩子，免他爲老僧之累。」言辭極爲誠懇。當下引韋生走進一堂，那僧人退出門去，將門反鎖了。

堂中四角都點了燈火。飛飛執一短鞭，當堂而立。韋生一彈發出，料想必中，豈知啪的一聲，竟爲飛飛短鞭擊落，餘勁不衰，嵌入樑中。飛飛展開輕功，登壁遊走，捷若猿猴。韋生四彈續發，一一爲飛飛擊開，於是挺劍追刺。飛飛倏往倏來，奔行如電，有時欺到韋生身旁，相距不及一尺。韋生以長劍連斷其鞭數節，始終傷不了他。

過了良久，僧人開門，問韋生道：「郎君爲老僧除了害嗎？」韋生具以告知。老僧悵然，長嘆一聲，向飛飛凝視半晌，道：「你決意要做大盜，連郎君也奈何你不得。唉，將來不知如何了局？」

當晚僧人和韋生暢論劍法暗器之學，直至天明。僧人送韋生直至路口，贈絹百疋，流淚而別。

這故事《太平廣記》稱出於《唐語林》，但段成式的《酉陽雜俎》有載，編於「盜俠」類，文中唯數字不同。本文原文題目「僧俠」，此僧除了不傷人、不搶劫之外，不見得有甚麼「俠氣」。

大盜老僧想洗手不幹，卻奈何不了自己兒子（或者是不忍親手除他），想假手旁人殺了他，亦難如願。這十六七歲的瘦削少年名字叫做飛飛，眞是今日阿飛的老前輩了。韋生的武功明明遠不及僧人，那僧人的眞正用意如何，卻不易推測了。大概是想殺了兒子，免得他繼續作惡，不過韋生武功不夠，沒能辦到。原文作者所以在「僧」字之上加個「俠」字，當是爲他尚有是非之心。但我們通常所指的「俠」，一定有「捨己爲人」的含義，這個老和尚就欠缺了。

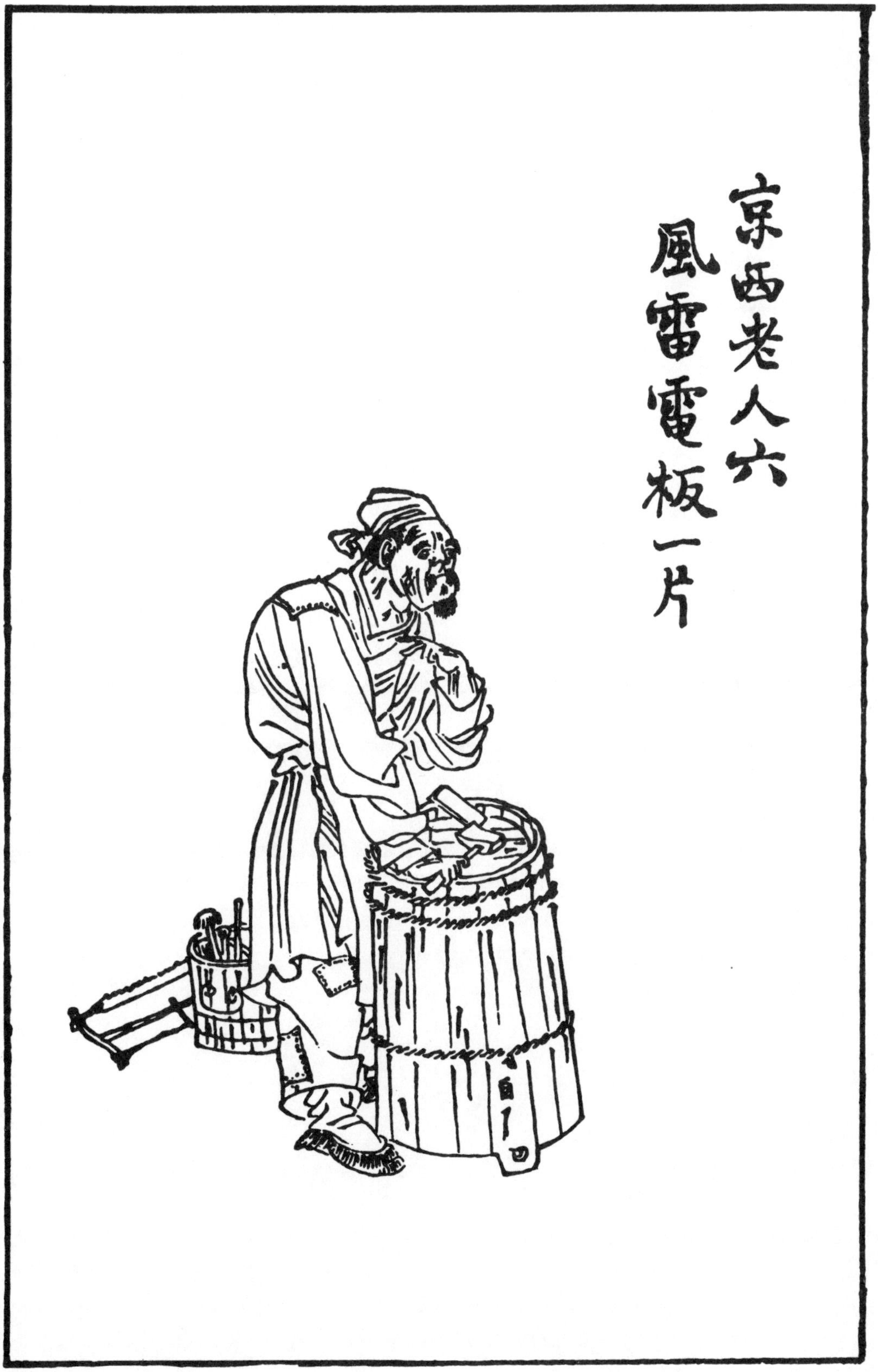
京西老人六
風雷電板一片

六　京西店老人

唐朝有個名叫韋行規的人，曾對人敘述他少年時所遇到的一件異事：

他年輕時有一次往京西遊覽，傍晚時分到了一所客店，眼見天色不早，但貪趕路程，還想繼續前進。店前有個老人正在箍桶，對他說：「客官不可趕夜路，這一帶盜賊很多。」韋行規拍一拍腰間的弓箭，笑道：「在下會彎弓射箭，小小毛賊，倒也不在我的心上。」那老人道：「原來客官是位英雄，倒是老漢多言了。」

韋行規乘馬馳了數十里，天已黑了，忽覺身後草中有人躍了出來，跟在馬後。韋行規喝問：「甚麼人？」對方不應，當即彎弓搭箭，連射數箭，此人卻不退去。韋行規連珠箭發，始終傷他不得，一摸箭袋中箭已射盡，不禁大懼，馳馬急奔。

片刻間風雷大作，韋行規縱身下馬，倚大樹而立，見空中電光閃閃，有白光數道，相互盤旋追逐，漸近樹梢。忽覺半空中有物紛紛墜下，一看之下，卻是一根根斷截的樹枝。斷枝越墜越多，漸漸堆積齊膝。這般斬將下來，終於連腦袋也會給削去了，韋行規大驚戰慄，拋下手中長弓，仰頭向空中哀求乞命，跟著跪下拜倒。拜了幾十拜後，電光漸高而滅，風雷亦息。

韋行規看那大樹，只見枝幹已被削盡，成爲半截禿樹，不禁駭然。再去牽坐騎時，卻見馬背鞍子行李都已失卻，不敢再向前行，只得折回客店。見那老人仍在箍桶，韋行規知道遇到了異人，當即拜伏。

老人笑道：「客官勿恃弓箭，須知劍術。」於是引到後院，見馬鞍行李，都在一旁。老人笑道：「你都取回罷，剛才不過試試你而已。」取出桶板一片，但見昨夜所射的羽箭，一一都插在板上。

韋行規大是敬服，請老人收他爲徒，老人不許，但指點了一些擊劍的要道，韋行規也學得了十之一二。

這故事出《酉陽雜俎》。跟在韋行規後面，警惕他不可大言逞技的，大概就是這個箍桶老人。

蘭陵老人七
君剝膚
尹割
鬚

七　蘭陵老人

唐時黎幹做京兆尹（京城長安的市長），碰到大旱，設祭求雨，觀者數千人。他帶了衙役衛士到達時，衆人紛紛讓路，獨有一名老人站在街頭不避。黎幹大怒，叫人捉了他來，當街杖背二十下。杖擊其背時，聲拍拍然，好像打在牛皮鼓上一般。那老人也不呼痛，杖畢，漫不在乎的揚長而去。

黎幹心下驚異，命一名年老坊卒悄悄跟蹤。一直跟他到了蘭陵里之內，見他走進一道小門，只聽他大聲道：「今天可給人欺侮得夠了，快燒湯罷！」坊卒急忙奔回稟報。

黎幹越想越怕，於是取過一件舊衣，罩在公服之上，和坊卒同到那老人的住處。這時天已昏黑，坊卒先進去通報。黎幹跟著進門，拜伏於地，說道：「適才有眼不識泰山，得罪了丈人，該死之極。」老人驚起，問道：「是誰引你來的？」黎幹默察對方神色，知道能以理折服，緩緩的道：「在下做京兆尹的官，如果不得百姓尊重，不免壞了規矩。丈人隱身於衆人之中，非有慧眼，難識高明。倘若丈人爲了日間之事而怪罪，未免不大公道，非義士之心也。」老人笑道：「這倒是老夫的不是了。」於是拿了酒菜出來，擺在地下，席地而坐，和黎幹及坊卒同飲。

夜深，談到養生之術，言辭精奧。黎幹又敬又懼。老人道：「老夫有一小技，在大人面前獻醜。」走進內堂，過了良久出來，已換了裝束，身穿紫衣，髮結紅帶，手持長劍短劍七口，舞於庭中。七劍奔躍揮霍，有如電光，時而直進，時而圓轉，黎幹看得眼也花了。有一口二尺餘的短劍，劍鋒時時刺到黎幹的衣襟。黎幹不禁全身戰慄。老人舞了一頓飯時分，舉手揮拋，七劍飛了起來，同時揷入地下，成北斗之形，說道：「適才試一試黎君的膽氣。」

黎幹拜倒在地，道：「今後性命，皆丈人所賜，請准許隨侍左右。」老人道：「君骨相中無道氣，不能傳我之術，以後再說罷。」作了個揖，便即入內。

黎幹歸去，氣色如病，照鏡子時才發覺鬍鬚已遭割落寸餘。次日再去蘭陵里尋訪時，室中已無人了。（故事出《酉陽雜俎》）

黎幹，唐史上眞有其人，此人後來升官，做財政官，貪污兇暴，給皇帝處死。

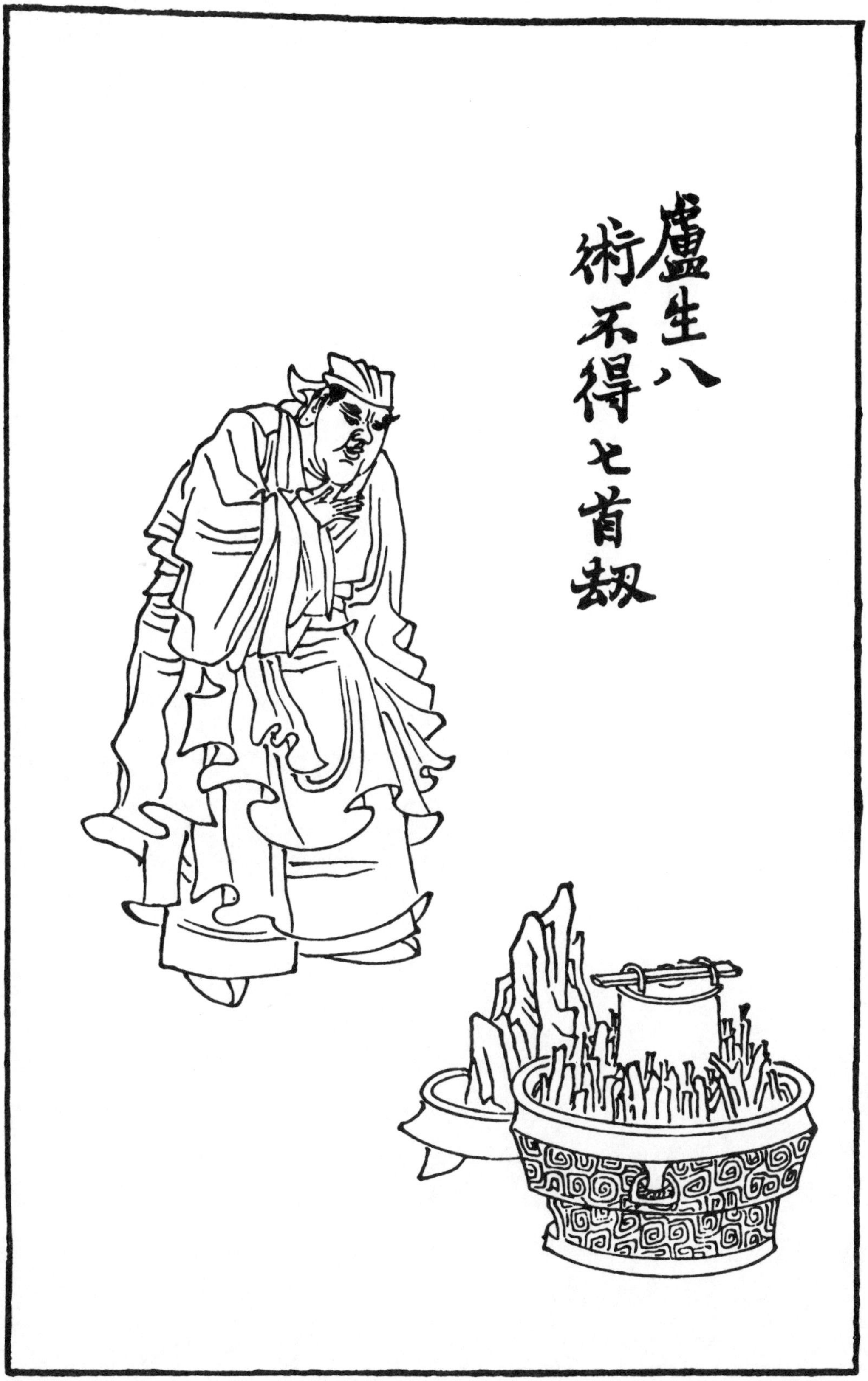
盧生八
術不得匕首刼

八　盧生

如果你可以有兩個願望，那是甚麼？相信絕大多數人都會說：第一是長生不老，第二是用不完的錢。中國古時道士所修練的，號稱主要是這兩種法術，一是長生術，二是黃白術。黃是黃金，白是白銀。中國的方士一向相信，可以將水銀加藥料燒煉而成黃金。西方中世紀的術士長期來也在進行著相同的鑽研，「煉金術」便是近代化學的祖先。煉金雖然沒成功，但對物質和元素的性質與變化，知識卻越來越豐富，終於累積發展而成爲近代的化學。

中國道士之中，高下有很大不同，最高尙的講究淡泊寧靜，修身養生，以求身心平和，以至延年益壽，甚或救人濟世，例如全眞教或其他正一、太乙等派別，或武當山的道教修士。次一等的講究金丹大道，希望長生不老，煉成金丹之後點鐵成金，或燒汞成金，用以救貧濟世。下焉者則是希望大發橫財，金銀取用不絕，或者驅邪辟鬼，降魔捉妖，欺騙迷信人士。中國下乘道士的影響所以始終不衰，自和長生術、煉金術以及驅邪術的引人入勝有重大關係。

如果再有第三個願望，多半和「性」有關了。所以落於下乘的道士也有「房中術」。其實這些下乘功夫和眞正的道家、道教無關。所謂的「道家」，是哲學家，信從老子和莊子等人的學說，淸靜淡泊，達觀順世；至於「道教」，則是創於中國的一種宗教，信奉道教的出家人稱爲道士。

皇帝和大官對黃白術不感興趣，長生術卻是一等一的大事。毛澤東晚年常提到「吐故納新」四字，這典故源出《莊子》，是後世道士長生術的基本觀念之一，認爲吐納（呼吸）得法，可以壽同彭祖，或升天成仙。道教派別中還有降妖、捉鬼、符咒、追魂、治病等的一類，那當是更加比較低的一種了。

古代不少高明之士見解卓越，但對金丹大道卻深信不疑，李白便是其中之一。他有許多詩篇都提到對燒丹修煉之術的嚮往。唐朝皇帝或崇佛教，或好道術，皇帝姓李，便和李耳拉上了關係，因此唐代道教特別盛行。

《酉陽雜俎》中記載了一個盧生的故事。

唐代元和年間，江淮有個姓唐的人，學問相當不錯而好道，到處遊覽名山，人家叫他唐山人。他自稱會「縮錫」之術。所謂縮錫，當是將錫變爲銀子。錫和銀的顏色相像，當時人們相信兩者的性質有類似之處，將價錢便宜的錫凝縮而變爲銀子，自是一個極大的財源。許多人大爲羨慕，要跟著他學。

唐山人出外遊歷，在楚州的客棧之中，遇到一位姓盧的書生，言談之下，甚是投機。盧生也談到爐火修煉的方術，又說他媽媽姓唐，於是便叫唐山人爲舅舅。兩人越談越高興，當眞相見恨晚。唐山人要到南嶽山去，便邀盧生同行。盧生說有一門親戚在陽羨，正要去探親，和舅舅同行一程，路上有伴，那再好不過了。

中途錯過了宿頭，在一座僧廟中借宿。兩人說起平生經歷，甚是歡暢，談到半夜，兀自未睡。盧生道：「聽說舅舅善於縮錫之術，可以將此術的要點賜告嗎？」唐山人笑道：「我數十年到處尋師訪道，只學得此術，豈能隨隨便便就傳給你？」盧生不斷懇求。唐山人推託說，眞要傳授，也無不可，但須擇吉日拜師，同到南嶽拜師之後，便可傳你。

盧生突然臉上變色，厲聲道：「舅舅，非今晚傳授不可，否則的話，可莫怪我對你不起了。」唐山人也怒了，道：「閣下雖叫我舅舅，其實我二人風馬牛不相關，只不過路上偶然相逢、結爲遊伴而已。我敬重你是讀書人，大家客客氣氣，怎可對我耍這種無賴手段？」

盧生捲起衣袖，向他怒目而視，似乎就要跳起來殺人，這樣看了良久，說道：「你當我是甚麼人？我是個殺人不眨眼的刺客。你今晚若不將縮錫之術說了出來，那便死在這寺院之中。」說著從懷中取出一隻黑色皮囊，開囊取出一柄青光閃閃的匕首，形如新月，左手拿起火堆前的一隻鐵熨斗，揮匕首削去，但聽得嗤嗤聲響，那鐵熨斗便如是土木所製，一片片的隨手而落。

唐山人大驚，只得將縮錫之術說了出來。

盧生這才笑道：「你倒不頑固，剛才險些誤殺了舅舅。」聽他說了良久，這才說道：「我師父是仙人，令我們師兄弟十人周遊天下查察，若見到有人妄自傳授黃白術的，便殺了他，有人傳授添金縮錫之術的也殺。我早通仙術，見你不肯隨便傳人，這才饒你。」說著行了一禮，出廟而去。

唐山人汗流浹背，以後遇到同道中人，常提到此事，鄭重告誡。（事見《酉陽雜俎》）

據我猜想，盧生早聞唐山人之名，想騙他傳授發財秘訣，因此「舅舅、舅舅」的叫得十分親熱，待唐山人堅執不肯，便出匕首威脅，「師父是仙人」云云，只嚇嚇唐山人而已。又或許唐山人的名氣大了，大家追住了要他傳法，事實上他根本不會，只好造了個故事來推託。錫和銀都是金屬元素，原子量不同，根本不可能將錫變爲銀子。

近代人科學知識普遍了，一般道教徒所注重的，大概只在驅魔除妖、養生鍊氣、求仙扶乩、符咒通靈等幾方面。有些道教的教派和道士研習武術，武當派古代出了一位大名人張三丰，傳下不少高明武功，因而與少林派並稱，是中國武術的重要派別之一。

聶隱孃九
精、空、宜淬鏡終

九　聶隱娘

聶隱娘故事出於裴鉶所作的《傳奇》。裴鉶是唐末大將高駢的從事。高駢好妖術，行爲怪誕。裴鉶這篇傳奇小說中也有很豐富的想像。

唐貞元年間，藩鎭魏博的大將聶鋒有個女兒，閨名隱娘，十歲時，有個尼姑來聶家乞食，見到隱娘，求聶鋒將女兒給她攜去教導。聶大怒不許。當夜隱娘失蹤，聶鋒搜尋不到，夫婦思念女兒，相對哭泣。五年後，隱娘回家，說起師父教她劍術的經過。

尼姑教聶隱娘劍術的步驟，常爲後世武俠小說所模倣：「遂令二女教某攀緣，漸覺身輕如風。一年後，刺猿狖百無一失；後刺虎豹，皆決其首而歸。三年後，能使刺鷹隼無不中。劍之刃漸減五寸，飛禽遇之，不知其來也。」學會刺鳥之後，尼姑帶她到都市之中，指一人給她看，先一一數明此人的罪過，然後叫她割這人的首級來，用的是羊角匕首，人頭能用藥化之爲水。《鹿鼎記》中韋小寶能以藥將人屍化而爲水，當從此出典。

五年後，尼姑師父說某大官害人甚多，吩咐她夜中去行刺。那時候聶隱娘任意殺人，早已毫不困難，但這次遇到了另一種心理上的障礙。她見到那大官在玩弄孩兒，那孩子甚是可愛，一時不忍下手，直到天黑才殺了他的頭。尼姑大加叱責，教她：「以後遇到這種人，必須先殺了他所愛之人，再殺他自己。」可以說是一種「忍的教育」。

聶隱娘自己選擇丈夫，選的是一個以磨鏡子做職業的少年。在唐代，那是一種十分奇特的行爲，她父親是魏博鎭的大將聶鋒，卻不敢干涉，只好依從。

聶鋒死後，魏博節度使知道聶隱娘有異術，便派她丈夫做個小官。後來魏博節度使和陳許節度使劉悟有意見，派聶隱娘去行刺。

劉悟會神算，召了一名牙將來，對他說：「明天一早到城北，去等候一對夫妻，兩人一騎黑驢、一騎白驢。有一隻喜鵲鳴叫，男的用彈弓射之不中，女子奪過丈夫的彈弓，一丸即射死喜鵲，你就恭恭敬敬的上去行禮，說我邀請他們相見。」

第二天果然有這樣的事發生。聶隱娘大爲佩服，就做了劉悟的侍從。魏博節度使再派人去行刺，兩次都得聶隱娘相救。

故事中所說的那個陳許節度使劉悟能神算，豁達大度，魏博節度使遠爲不及。其實劉悟這人在歷史上是個無賴。《唐書》說他少年時「從惡少年，殺人屠狗，豪橫犯法」。後來和主帥打馬球，劉悟將主帥撞下馬來。主帥要斬他，劉悟破口大罵，主帥佩服他的膽勇，反加重用。劉悟做了大將後，戰陣之際倒戈反叛，殺了上司李師道而做節度使。他晚年時，有巫師妄語李師道的鬼魂領兵出現。《唐書》記載：「悟惶恐，命禱祭，具千人膳，自往求哀，將易衣，嘔血數斗卒。」可見他對殺害主帥一事心中自咎極深，是一個極佳的心理研究材料。

和他同時的魏博節度使先是田弘正，後是李愬，兩人均是唐代名臣，人品都比劉悟高得多了。裴鉶故意大捧劉悟而抑魏帥，當另有政治目的。

唐人入京考進士，常攜了文章先去拜謁名流，希望得到吹噓。普通文章讀來枯燥無味，往往給人拋在一旁，若是瑰麗清靈的傳奇小說，便有機會得到青睞賞識。先有了名聲，考進士就容易中得多了。唐朝的考試制度還沒有後世嚴格，主考官閱卷時可以知道考生的名字。除了在考進士之前作廣告宣傳、公共關係之外，唐人寫傳奇小說有時含有政治作用。例如《補江總白猿傳》的用意是攻擊政敵歐陽詢（大書法家），說他是妖猿之子。牛李黨爭之際，李黨人士寫傳奇小說影射攻擊牛僧儒，說他和女鬼私通，而女鬼則是頗有忌諱的前朝后妃。

劉悟明明是個粗魯的武人。《資治通鑑》中說：「悟多力，好手搏，得鄆州三日，則教軍中壯士手搏，與魏博使者庭觀之，自搖肩攘臂，離座以助其勢。」這情形倒和今日的摔角觀眾十分相似。朝廷當時要調他的職，怕他兵權在手，不肯奉命。魏博節度使田弘正卻料他沒有甚麼能為。果然「悟聞制下，手足失墜，明日，遂行。」（一接到朝廷的命令，不由得手足無措，第二日就乖乖的去了。）

裴鉶寫這篇傳奇，故意抬高劉悟的身分。據我猜想，裴鉶是以劉悟來影射他的上司高駢，是一種拍馬手法。劉悟和監軍劉承偕不睦，勢如水火。監軍是皇帝派在軍隊裏監視司令長官的親信太監，權力很大，相當於當代的黨代表或政委。劉承偕想將劉悟抓起來送到京城去，卻給劉悟先下手爲強，將劉承偕手下的衛兵都殺了，將他關了起來，一直不放。皇帝無法可施。有大臣獻計，不如公然宣布劉承偕的罪狀，命劉悟將他殺了。但劉承偕是皇太后的乾兒子，皇帝不肯殺他，後來宣布將劉承偕充軍，劉悟這才放了他。

高駢是唐朝皇帝僖宗派去對抗黃巢的大將，僖宗避黃巢之亂，逃到四川，朝政大權都在太監田令孜的手裏。高駢和田令孜鬥爭得很劇烈，不奉朝廷的命令。裴鉶大捧劉悟，主要的著眼點當在讚揚他以辣手對付皇帝的親信太監，令朝廷毫無辦法，只好屈服。

精精兒、空空兒去行刺劉悟一節，寫得生動之極，「妙手空空兒」一詞，已成爲我們日常語言的一部份。小說中寫這段情節其實也有政治動機。

唐朝之亡，和高駢有很大關係。唐僖宗命他統率大軍，對抗黃巢，但他按兵不動，把局勢搞得糟不可言。此人本來很會打仗，到得晚年卻十分怕死，迷信神仙長生之說，任用妖人呂用之而疏遠舊將。呂用之又薦了個同黨張守一，一同裝神弄鬼，迷惑高駢。當時朝中的宰相鄭畋和高駢的關係很不好，雙方不斷文書來往，辯駁攻訐。《資治通鑑》

中載有一個十分有趣的故事：

僖宗中和二年，即公元八八二年，「駢和鄭畋有隙。用之謂駢曰：『宰相有遣刺客來刺公者，今夕至矣！』駢大懼，問計安出。用之曰：『張先生嘗學斯術，可以禦之。』駢請於守一，守一許諾。乃使駢衣婦人之服，潛於他室，而守一代居駢寢榻中，夜擲銅器於階，令鏗然有聲，又密以囊盛彘血，潛於庭宇，如格鬥之狀。及旦，笑謂駢曰：『幾落奴手！』駢泣謝曰：『先生於駢，乃更生之惠也！』厚酬以金寶。」

在庭宇間投擲銅器，大灑豬血，裝作與刺客格鬥，居然騙得高駢深信不疑。但高駢是聰明人，時日久了，未必不會懷疑，然如讀了〈聶隱娘〉傳，就會疑心大去了。

精精兒先來行刺劉悟，格鬥良久，爲聶隱娘所殺。後來妙手空空兒繼至，聶隱娘知道不是他敵手，要劉悟用玉器圍在頭頸周圍，到得半夜，「果聞項上鏗然聲甚厲」，「後視其玉，果有匕首劃處，痕逾數分。自此劉轉厚禮之。」行刺的情形，豈不與呂用之、張守一布置的騙局十分相像？現在我們讀這篇傳奇，當然知道其中所說的神怪之事都是無稽之談，但高駢深信神仙，一定會信以爲眞。

《通鑑》中記載：「用之每對駢呵叱風雨，仰揖空際，云有神仙過雲表，駢輒隨而拜之。然常賂駢左右，使伺駢動靜，共爲欺罔，駢不之寤。左右小有異議者，輒爲用之陷死不旋踵。」如果呂用之要裴鉶寫這樣一篇文章，證明這種事以前也發生過，看來裴銒也不敢不寫；也許，裴銒是受了呂用之豐富的「稿費」。

這猜測只是我的一種推想，以前無人說過，也拿不出甚麼證據。

我覺這篇傳奇中寫得最好的人物是妙手空空兒，聶隱娘說「空空兒之神術，人莫能窺其用，鬼莫得躡其蹤」。他出手只是一招，一擊不中，便即飄然遠引，決不出第二招。自來武俠小說中，從未有過如此驕傲而飄逸的人物。

《太平廣記》第一百九十四卷〈聶隱娘〉條中，陳許節度使作劉昌裔，與史實較合。劉昌裔是策士、參謀一類人物，善於用兵。劉悟做的是義成節度使。兩人是同時代的人。

唐朝貞元是德宗的年號，從公元七八五年到八〇五年，共二十年，年號卻算到貞元二十一年。德宗的曾祖父是唐玄宗（明皇），祖父是肅宗，父親是代宗。德宗統治的時候，唐朝經安史之亂後，藩鎮跋扈，河北、河南、山東一帶都爲武人所割據，朝廷所能統治的範圍已大爲縮小。魏博在今河北省南部，山東濟南、淄博以西，河南安陽以東，節度使田承嗣兵力強盛，佔有七州之地，不奉朝廷的命令。貞元後期，陳許節度使是劉昌裔，此人較有策略，是個比較有頭腦的軍閥，本來是帶兵的大將，地位大概與聶隱娘的父親聶鋒相當，後來立了幾次戰功，又與朝廷的命令配合，升爲節度使。他所管轄的河南陳州、蔡州一帶，後來給反叛朝廷的吳少誠、吳元濟父子併了去。憲宗派宰相裴度攻克蔡州，擒了吳元濟，大將李愬雪夜入蔡州，是唐代有名的一場戰役。（當時劉悟是昭義節度使，統治山西長治一帶。）

憲宗皇帝圖謀收藩時，宰相武之衡給藩鎮派刺客暗殺而死。〈聶隱娘傳〉中所述精精兒、空空兒等與聶隱娘暗殺及反暗殺的鬥爭，也反映了當時政界的實況。這個時候，在日本是奈良時期到平安時期，在歐洲是「神聖羅馬帝國」初建，也都是動盪不安的時期。

附錄　聶隱娘

聶隱娘者，貞元中魏博大將聶鋒之女也。年方十歲，有尼乞食於鋒舍，見隱娘，悅之，云：「問押衙乞取此女教。」鋒大怒，叱尼。尼曰：「任押衙鐵櫃中盛，亦須偷去矣。」及夜，果失隱娘所向。鋒大驚駭，令人搜尋，曾無影響。父母每思之，相對涕泣而已。

後五年，尼送隱娘歸，告鋒曰：「教已成矣，子卻領取。」尼欻亦不見。一家悲喜，問其所學。曰：「初但讀經念咒，餘無他也。」鋒不信，懇詰。隱娘曰：「真說又恐不信，如何？」鋒曰：「但真說之。」

曰：「隱娘初被尼挈，不知行幾里。及明，至大石穴，嵌空數十步，寂無居人。猿狖極多，松蘿益邃。已有二女，亦各十歲。皆聰明婉麗，不食，能於峭壁上飛走，若捷猱登木，無有蹶失。尼與我藥一粒，兼令長執寶劍一口，長二尺許，鋒利。吹毛令剸。逐二女攀緣，漸覺身輕如風。一年後，刺猿狖百無一失。後刺虎豹，皆決其首而歸。三年後能飛，使刺鷹隼，無不中。劍之刃漸減五寸，飛禽遇之，不知其來也。至四年，留二女守穴。挈我於都市，不知何處也。指其人者，一一數其過，曰：『為我刺其首來，無使知覺。定其膽，若飛鳥之容易也。』受以羊角匕，刀廣三寸，遂白日刺其人於都市，人莫能見。以首入囊，返主人舍，以藥化之為水。五年，又曰：『某大僚有罪，無故害人若干，夜可入其室，決其首來。』又攜匕首入室，度其門隙無有障礙，伏之梁上。至瞑，持得其首而歸。尼大怒曰：『何太晚如是？』某云：『見前人戲弄一兒，可愛，未忍便下手。』尼叱曰：『已後遇此輩，先斷其所愛，然後決之。』某拜謝。尼曰：『吾為汝開腦後藏匕首，而無所傷。用即抽之。』曰：『汝術已成，可歸家。』遂送還，云：『後二十年，方可一見。』」

鋒聞語甚懼。後遇夜即失蹤，及明而返。鋒已不敢詰之，因茲亦不甚憐愛。

忽值磨鏡少年及門，女曰：「此人可與我為夫。」白父，父不敢不從，遂嫁之。其夫但能淬鏡，餘無他能。父乃給衣食甚豐。外室而居。數年後，父卒。魏帥稍知其異，遂以金帛署爲左右吏。

如此又數年，至元和間，魏帥與陳許節度使劉悟不協，使隱娘賊其首。隱娘辭帥之許。劉能神算，已知其來。召衙將，令來日早至城北，候一丈夫一女子各跨白黑衛至門，遇有鵲前噪，丈夫以弓彈之不中。妻奪夫彈，一丸而斃鵲者，揖之云：吾欲相見，故遠相祗迎也。

衙將受約束，遇之。隱娘夫妻曰：「劉僕射果神人。不然者，何以洞吾也。願見劉公。」劉勞之。隱娘夫妻拜曰：「合負僕射萬死。」劉曰：「不然，各親其主，人之常事。魏今與許何異。願請留此，勿相疑也。」隱娘謝曰：「僕射左右無人，願舍彼而就此，服公神明也。」知魏帥之不及劉。劉問其所須。曰：「每日只要錢二百文足矣。」乃依所請。忽不見二衛所之。劉使人尋之，不知所向。後潛於布囊中見二紙衛，一黑一白。

後月餘，白劉曰：「彼未知止，必使人繼至。今宵請剪髮繫之以紅綃，送于魏帥枕前，以表不迴。」劉聽之，至四更，卻返，曰：「送其信矣。後夜必使精精兒來殺某及賊僕射之首。此時亦萬計殺之。乞不憂耳。」

劉豁達大度，亦無畏色。是夜明燭，半宵之後，果有二幡子，一紅一白，飄飄然如相擊于牀四隅。良久，見一人自空而踣，身首異處。隱娘亦出曰：「精精兒已斃。」拽出于堂之下，以藥化爲水，毛髮不存矣。

隱娘曰：「後夜當使妙手空空兒繼至。空空兒之神術，人莫能窺其用，鬼莫得躡其蹤。能從空虛而入冥，善無形而滅影，隱娘之藝，故不能造其境。此即繫僕射之福耳。但以于闐玉周其頸，擁以衾，隱娘當化爲蠛蠓，潛入僕射腸中聽伺，其餘無逃避處。」劉如言。至三更，瞑目未熟。果聞項上鏗然，聲甚厲。隱娘自劉口中躍出，賀曰：「僕射無患矣。此人如俊鶻，一搏不中，即翩然遠逝，恥其不中，纔未逾一更，已千里矣。」後視其玉，果有匕首劃處，痕逾數分。

自此劉轉厚禮之。自元和八年，劉自許入覲，隱娘不願從焉。云：「自此尋山水，訪至人，但乞一虛給與其夫。」劉如約，後漸不知所之。及劉薨於統軍，隱娘亦鞭驢而一至京師柩前，慟哭而去。

開成年，昌裔（此處作劉「昌裔」而不作劉悟）子縱除陵州刺史，至蜀棧道，遇隱娘，貌若當時。甚喜相見，依前跨白衛如故。語縱曰：「郎君大災，不合適此。」出藥一粒，令縱吞之。云：「來年火急抛官歸洛，方脫此禍。吾藥力只保一年患耳。」縱亦不甚信。遺其繒綵，隱娘一無所受，但沉醉而去。後一年，縱不休官，果卒於陵州。自此無復有人見隱娘矣。（原文完）

荊十三孃十
慕中立藐諸葛

十　荊十三娘

唐末，浙江溫州有個進士，名叫趙中立，慷慨重義，性喜結交朋友。有一次到蘇州，在支山禪院借住。有一位很有錢的女商荊十三娘，正在廟裏為亡夫做法事，見到趙中立後，很愛慕他。兩個人就同居了，儼若夫婦，一起到揚州去。趙中立對待朋友十分豪爽，出手闊綽，花了荊十三娘不少資財。十三娘心愛郎君，也不以為意。

趙中立在揚州有個朋友李正郎。李有個弟弟，排行第三十九。李三十九郎在風月場中結識了個妓女，兩人互相愛戀。可是這妓女的父母貪慕權勢錢財，強將女兒拿去送給諸葛殷。

當時揚州歸大將高駢管轄。高駢迷信神仙，在他左右用事的方士，除了呂用之和張守一外，還有個諸葛殷。《資治通鑑》中描寫高駢和諸葛殷相處的情形，很是生動有趣：「殷始自鄱陽來，用之先言於駢曰：『玉皇以公職事繁重，輟左右尊神一人，佐公為理，公善遇之；欲其久留，亦可縻以人間重職。』明日，殷謁見，詭辯風生，駢以為神，補鹽鐵劇職。駢嚴潔，甥姪輩未嘗得接坐。殷病風疽，搔捫不替手，膿血滿爪，駢獨與之同席促膝，傳杯器而食。左右以爲言，駢曰：『神仙以此試人耳！』駢有畜犬，聞其腥穢，多來近之。駢怪之，殷笑曰：『殷嘗於玉皇前見之，別來數百年，猶相識。』」

這諸葛殷管揚州的鹽鐵稅務，自然權大錢多。李三十九郎無法與之相抗，極爲悲哀，又怕諸葛殷加禍，只有暗自飲泣。有一次偶然和荊十三娘談起這件事。荊十三娘道：「這是小事一樁，不必難過，我來給你辦好了。你先過江去，六月六日正午，在潤州（鎮江）北固山等我便了。」

李三十九郎依時在北固山下相候，只見荊十三娘負了一個大布袋而來。打開布袋，李的愛妓跳了出來，還有兩個人頭，卻是那妓女的父母。

後來荊十三娘和趙中立同回浙江，後事如何，便不知道了。

這故事出《北夢瑣言》。打開布袋，跳出來的是自己心愛的靚女，倒像是外國雜誌中常見的漫畫題材：聖誕老人打開布袋，取出個美女來做聖誕禮物。

紅綫十一
牀頭金合懺除宿孽

十一　紅線

〈紅線傳〉是唐末袁郊所作《甘澤謠》九則故事中最精采的一則。

袁郊在昭宗朝做翰林學士和虢州刺史，曾和溫庭筠唱和。〈紅線傳〉在《唐代叢書》作楊巨源作。但《甘澤謠》中其他各則故事的文體及思想風格，和〈紅線傳〉甚爲相似，相信此文當爲袁郊所作。當時安史大亂之餘，藩鎭間又攻伐不休，兵連禍結，民不聊生。鄭振鐸說此文作於咸通戊子（公元八六八年）。該年龐勛作亂，震動天下。袁郊此文當是反映了人民對和平的想望。

故事中的兩個節度使薛嵩和田承嗣，本來都是安祿山部下的大將，安祿山死後，屬史思明，後來投降唐室而得爲節度使，其實都是反覆無常的武人。

紅線當時十九歲，不但身具異術，而且「善彈阮咸，又通經史」，是個文武全才的俠女，其他的劍俠故事中少有這樣的人物。〈紅線傳〉所以流傳得這麼廣，或許是由於她用一種巧妙而神奇的行動來消弭了一場兵災，正合於一般中國人「大事化小事，小事化無事」的理想。

唐人一般傳奇都是用散文寫的，但〈紅線傳〉中雜以若干晶瑩如珠玉的駢文，另有一股特殊的光彩。

文中描寫紅線出發時的神態裝束很是細膩，在一件重大的行動之前，先將主角描述一番：「乃入闈房，飾其行具，梳烏蠻髻，貫金雀釵，衣紫繡短袍，繫青絲輕履，胸前佩龍文匕首，額上書太乙神名，再拜而行，倏忽不見。」

盜金合的經過，由她以第一人稱向薛嵩口述，也和一般傳奇中第三人稱的寫法不同。她叙述田承嗣寢帳內外的情形：「聞外宅兒止於房廊，睡聲雷動；見中軍卒步於庭下，傳叫風生……時則蠟炬煙微，爐香燼委。侍人四布，兵仗森羅。或頭觸屏風，鼾而嚲者，或手持巾拂，寢而伸者。」（附錄中的文字經與《太平廣記》校錄，與傳本微有不同，這一類傳奇小說多經傳鈔，並無定本。）似乎是一連串動中有靜、靜中有動的電影鏡頭。她盜金合離開魏城後，將行二百里，「見銅台高揭，漳水東流。晨飆動野，斜月在林。」十七個字寫出了一幅壯麗的畫面。

紅線叙述生前本爲男子，因醫死了一個孕婦而轉世爲女子，這一節是全文的敗筆。轉世投胎的觀念特別爲袁郊所喜，《甘澤謠》另一則故事〈圓觀〉也寫此事。那自然都是佛教的觀念。《甘澤謠》的書名相當奇怪。據袁郊所記，他寫這幾則短篇故事時，連日大雨，當地乾旱已久，甘霖沛降，人民喜而普說故事，故事奇妙而喜氣洋洋。

結尾飄逸有致。紅線告辭時，薛嵩「廣爲餞別，悉集賓僚，夜宴中堂。嵩以歌送紅線酒，請座客冷朝陽爲詞，詞曰：『採菱歌怨木蘭舟，送客魂消百尺樓，還似洛妃乘霧去，碧天無際水空流。』歌竟，嵩不勝其悲。紅線拜且泣，因僞醉離席，遂亡所在。」這段文字既豪邁而又纏綿，有英雄之氣，兒女之意，明滅隱約，餘韻不盡，是武俠小說的上乘片段。（凡影視編劇人喜添蛇足，不懂藝術中含蓄之道者，宜連讀本文結尾一百次，然後靜思一百天；如仍無效，請讀錢起〈省試湘靈鼓瑟〉詩結句：「曲終人不見，江上數峯青。」一千遍，然後靜思三月。如仍無效，只好設法改行了。如何改行？或作場記、或搬道具，相貌俊美者可作大明星。電影、電視中行當甚多，慢慢轉換可也。）

附錄　紅線

唐潞州節度使薛嵩家青衣紅線者，善彈阮咸，又通經史，嵩乃俾其掌牋表，號曰內記室。時軍中大宴，紅線謂嵩曰：「羯鼓之聲頗甚悲切，其擊者必有事也。」嵩素曉音律，曰：「如汝所言。」乃召而問之，云：「某妻昨夜身亡，不敢求假。」嵩遽放歸。時至德之後，兩河未寧，初置昭義軍，以塗陽爲鎭，命嵩固守，控壓山東。殺傷之餘，軍府草創。朝廷命嵩女嫁魏博節度使田承嗣男，又遣嵩男娶滑亳節度使令狐章女。三鎮交爲姻婭，使日浹往來。而田承嗣常患肺氣，遇夏增劇。每曰：「我若移鎮山東，納其涼冷，可延數年之命。」乃募軍中武勇十倍者得三千人，號外宅男，而厚其卹養。常令三百人夜直州宅，卜選良日，將併潞州。

嵩聞之，日夕憂悶，咄咄自語，計無所出。時夜漏方深，轅門已閉，策杖庭際，唯紅線從焉。紅線曰：「主自一月，不遑寢食。意有所屬，豈非鄰境乎？」嵩曰：「事繫安危，非汝所能料。」紅線曰：「某誠賤品，亦能解主憂者。」嵩乃具告其事，曰：「我承祖父遺業，受國家重恩，一旦失其疆土，即數百年勳伐盡矣。」紅線曰：「此易與耳。不足勞主憂焉。暫放某一到魏郡，觀其形勢，覘其有無。今一更首途，二更可以復命。請先定一走馬使，具寒暄書，其他則待某卻迴也。」嵩大驚曰：「不知汝是異人，我之暗也。然事若不濟，反速其禍，奈何？」紅線曰：「某之此行，無不濟者。」

乃入闈房，飾其行具。梳烏蠻髻，貫金雀釵，衣紫繡短袍，繫青絲輕履。胸前佩龍文匕首，額上書太乙神名。再拜而行，倏忽不見。

嵩乃返身閉戶，背燭危坐。常時飲酒，不過數合，是夕舉觴，十餘不醉。忽聞曉角吟風，一葉墜露，驚而起問，即紅線迴矣。嵩喜而慰勞，曰：「事諧否？」紅線對曰：「幸不辱命。」又問曰：「無傷殺否？」曰：「不至是。但取牀頭金合爲信耳。」

又曰：「某子夜前二刻，即達魏城，凡歷數門，遂及寢所。聞外宅男止於房廊，睡聲雷動。見中軍卒步於庭廡，傳呼風生。乃發其左扉，抵其寢帳。見田親家翁止於帳內，鼓趺酣眠，頭枕文犀，髻包黃縠，枕前露一七星劍。劍前仰開一金合，合內書生身甲子與北斗神名。復以名香美珠，散覆其上。揚威玉帳，坦其心豁於生前，熟寢蘭堂，不覺命懸於手下。寧勞擒縱，只益傷嗟。時則蠟炬煙微，爐香燼委，侍人四布，兵仗森羅。或頭觸屏風，鼾而嚲者；或手持巾拂，寢而伸者。某乃拔其簪珥，褰其襦裳，如病如酲，皆不能寤；遂持金合以歸。既出魏城西門，將行二百里，見銅臺高揭，漳水東注，晨飆動野，斜月在林。憂往喜還，頓忘於行役；感知酬德，聊副於依歸。所以夜漏三時，往返七百里；入危邦，經五六城；冀減主憂，敢言勞苦？」

嵩乃發使遺田承嗣書曰：「昨夜有客從魏中來，云：自元帥牀頭獲一金合，不敢留駐，謹卻封納。」專使星馳，夜半方到。見搜捕金合，一軍憂疑。

使者以馬撾扣門，非時請見。承嗣遽出，使者乃以金合授之。捧承之時，驚怛絕倒。遂留使者止於宅中，狎以宴私，多其賜賚。明日遣使齎繒帛三萬疋，名馬二百匹，他物稱是，以獻於嵩曰：「某之首領，繫在恩私。便宜知過自新，不復更貽伊戚。專膺指使，敢議親姻。彼當奉轂後車，來在麾鞭前馬。所置紀綱外宅男者，本防他盜，亦非異圖。今並脫其甲裳，放歸田畝矣。」

由是一兩月內，河北河南，信使交至。而紅線辭去。嵩曰：「汝生我家，而今欲安往？又方賴汝，豈可議行？」

紅線曰：「某前世本男子，歷江湖間，讀神農藥書，救世人災患。時里有孕婦，忽患蠱癥，某誤以芫花酒下之。婦人與腹中二子俱斃。是某一舉殺三人。陰律見誅，罰為女子。使身居賤隸，而氣稟凡俚，幸生於公家，今十九年矣。身厭羅綺，口窮甘鮮，寵待有加，榮亦甚矣。況國家建極，慶且無疆。此輩違天，理當盡弭。昨往魏邦，以示報恩。兩地保其城池，萬人全其性命，使亂臣知懼，列士謀安。某一婦人，功亦不小。固可贖其前罪，還其本身。便當遁跡塵中，棲心物外，澄清一氣，生死長存。」嵩曰：「不然，遺爾千金為居山之所給。」紅線曰：「事關來世，安可預謀。」

嵩知不可駐，乃廣為餞別；悉集賓客，夜宴中堂。嵩以歌送紅線酒，請座客冷朝陽為詞。詞曰：「採菱歌怨木蘭舟，送別魂消百尺樓。還似洛妃乘霧去，碧天無際水空流。」歌畢，嵩不勝悲。紅線拜且泣，因偽醉離席，遂亡其所在。（原文完）

王敬宏僕十二
琵琶繡囊一田膨郎

十二　王敬宏僕

唐文宗皇帝很喜愛一個白玉彫成的枕頭，那是德宗朝于闐國所進貢的，彫琢奇巧，是希世之寶，平日放在寢殿的帳中，有一天忽然不見了。皇帝寢殿守衛十分嚴密，若不是得寵的嬪妃，無人能夠進入。寢殿中另外許多珍寶古玩卻又一件沒失去。

文宗驚駭良久，下詔搜捕偷玉枕的大盜，對近衛大臣和統領禁軍的兩個中尉（宦官、禁衛軍司令員）說：「這不是外來的盜賊，偷枕之人一定在禁宮附近。倘若拿他不到，只怕尚有其他變故。一個枕頭給盜去了，也沒甚麼可惜，但你們負責守衛皇宮，非捉到這大盜不可。否則此人在我寢宮中要來便來，要去便去，要這許多侍衛何用？」

衆官員惶慄謝罪，請皇帝寬限數日，自當全力緝拿。於是懸下重賞，但一直找不到半點線索。聖旨嚴切，凡是稍有嫌疑的，一個個都捉去查問，坊曲閭里之間，到處都查到了，卻如石沉大海，衆官無不發愁。

龍武二蕃將（皇帝親衛部隊中的高級軍官）王敬宏身邊有一名小僕，年甫十八九歲，神彩俊利，差他去辦甚麼事，無不妥善。有一日，王敬宏和同僚在威遠軍會宴，他有一侍兒善彈琵琶，衆賓客酒酣，請她彈奏，但該處的樂器不合用，那侍兒不肯彈。時已夜深，軍門已閉，無法去取她用慣的琵琶，衆人都覺失望。小僕道：「要琵琶，我即刻去取來便是。」王敬宏道：「禁鼓一響，軍門便鎖上了，平時難道你不見嗎？怎地胡說八道？」小僕也不多說，退了出去。衆將再飲數巡，小僕捧了一隻繡囊到來，打開繡囊，便是那個琵琶。座客大喜，侍兒盡心彈奏數曲，淸音朗朗，合座盡歡。

從南軍到左廣來回三十餘里，而且入夜之後，嚴禁通行，這小僕居然倏忽往來。其時搜捕盜玉枕賊甚嚴，王敬宏心下驚疑不定，生怕皇帝的玉枕便是他偷的。宴罷，第二天早晨回到府中，對小僕道：「你跟我已一年多了，卻不知你身手如此矯捷。我聽說世上有俠士，難道你就是麼？」小僕道：「不是的，只不過我走路特別快些罷了。」

那小僕又道：「小人父母都在四川，年前偶然來到京師，現下想回故鄉。蒙將軍收養厚待，有一事欲報將軍之恩。偷枕者是誰，小人已知，三數日內，當令其伏罪。」

王敬宏道：「這件事非同小可，如果拿不到賊人，不知將累死多少無辜之人。這賊人在那裏？能稟報官府、派人去捉拿麼？」

小僕道：「那玉枕是田膨郎偷的。他有時在市井之間，有時混入軍營，行止無定。此人勇力過人，奔走如風，若不是先將他的腳打斷了，那麼便有千軍萬騎前去捉拿，也會給他逃走。再過兩晚後，我到望仙門相候，乘機擒拿，當可得手。請將軍和小人同去觀看。但必須嚴守秘密，防他得訊後高飛遠走。」

其時天旱已久，早晨塵埃極大，車馬來往，數步外就見不到人。田膨郎和同伴少年數人，臂挽臂的走入城門。小僕手執擊馬球的球杖，從門內一杖橫掃出來，啪的一聲響，打斷了田膨郎的左腿。（在現代，便是用高爾夫球棒打人。）

田膨郎摔倒在地，見到小僕，嘆道：「我偷了玉枕，甚麼人都不怕，就只忌你一人。既在這裏撞到了，還有甚麼可說的。」

將他抬到皇帝親衛禁軍神策軍左軍和右軍之中，田膨郎毫不隱瞞，全部招認。文宗得報偷枕賊已獲，又知是禁軍拿獲的，當下命將田膨郎提來御前，親自詰問。田膨郎具直奏陳。文宗道：「這是任俠之流，並非尋常盜賊。」本來拘禁的數百名嫌疑犯，當即都釋放了。

那小僕一捉到田膨郎，便拜別了王敬宏回歸四川。朝廷找他不到，只好重賞王敬宏。（故事出康駢《劇談錄》，篇名〈田膨郎〉。）

文宗便是「甘露之禍」的主角。當時禁軍神策軍的統領叫做中尉，左軍右軍的中尉都由宦官出任。憲宗（文宗的祖父）、敬宗（文宗之兄）均為宦官所殺，穆宗（文宗的父親）、文宗則為宦官所立。由於「槍桿子裏面出政權」，皇帝為宦官所制，文宗想殺宦官，未能成功，終於鬱鬱而終。

王敬宏是龍武軍的將軍，龍武軍屬北軍，也是禁軍的一個兵種，他是受宦官指揮的。

崑崙磨勒十三
崔家臣月下人

十三　崑崙磨勒

〈崑崙奴〉也是裴鉶所作。裴鉶作《傳奇》三卷，原書久佚，《太平廣記》錄有四則，得以流傳至今。〈聶隱娘〉和〈崑崙奴〉是其中特別出名的。唐代小說集另有一種，書名也叫《傳奇》，作者是大詩人元稹，其中包括〈鶯鶯傳〉。〈崑崙奴〉一文亦有記其作者爲南唐大詞人馮延巳的，似無甚根據。

本文在《劍俠傳》一書中也有收錄。《劍俠傳》託言唐代段成式作，其實是明人所輯，其中〈京西店老人〉等各則，確是段成式所作，收入段氏所著的《酉陽雜俎》。我手邊所有的影印本《劍俠傳》係潘銘燊兄所贈，是咸豐七年的印本，書上署名爲「蕭山王齡校」。

故事中所說唐大歷年間「蓋代之勛臣一品」，當是指郭子儀。這位一品大官的艷姬爲崔生所盜，發覺後並不追究，也和郭子儀豁達大度的性格相符。

關於崑崙奴的種族，近人大都認爲他是非洲黑人。鄭振鐸《中國文學史》中說：

『崑崙奴』一作，也甚可注意。所謂『崑崙奴』，據我們的推測，或當是非洲的尼格羅人，以其來自極西，故以『崑崙奴』名之。唐代叙『崑崙奴』之事的，於裴氏外，他文裏尚有之，皆可證明其實爲非洲黑種人。這可見唐系國內，所含納的人種是極爲複雜的，又其和世界各地的交通，也是甚爲通暢廣大的。」

但我忽發奇想，這崑崙奴名叫磨勒，說不定是印度人。磨勒就是摩囉。香港人不是叫印度人爲摩囉差嗎？唐代和印度有交通，玄奘就曾到印度留學取經，來幾個摩囉人也不希奇。印度人來中國，須越崑崙山，稱爲崑崙奴，很說得通。如果是非洲黑人，相隔未免太遠了。武俠小說談到武術，總是推崇少林。少林寺的祖師達摩老祖是印度人，一般武俠小說認爲他是中國武術的創始人之一（但歷史上無根據）。磨勒後來在洛陽市上賣藥。賣藥的生活方式，也似乎更和印度人相近，非洲黑人恐怕不懂藥性。《舊唐書・南蠻傳》云：「自林邑以南，皆拳髮黑身，通號爲崑崙。」有些學者則認爲是指馬來人而言。

唐人傳奇中有三個美麗女子都以紅字爲名。以人品作爲而論，紅線最高，紅拂其次，紅綃最差。紅綃向崔生作手勢打啞謎，很是莫名其妙，若無磨勒，崔生怎能逾高牆十餘重而入歌妓第三院？她私奔之時，磨勒爲她負出「囊橐妝奩」，一連來回三次，簡直是大規模的捲逃。崔生爲一品召問時，把罪責都推在磨勒頭上，任由一品發兵捉他，一點也不加迴護，不是個有義氣之人，只不過是個「容貌如玉」而為紅綃看中的小白臉而已。崔生當時做「千牛」，那是御前帶刀侍衛，「千牛」本是刀名，後來引伸為侍衛官。

附錄　崑崙奴

唐大歷中，有崔生者，其父為顯僚，與蓋代之勳臣一品者熟。生是時為千牛，其父使往省一品疾。生少年，容貌如玉，性稟孤介，舉止安詳，發言清雅。一品命妓軸簾召生入室，生拜傳父命，一品忻然愛慕，命坐與語。時三妓人，艷皆絕代，居前以金甌貯緋桃而擘之，沃以甘酪而進。一品遂命衣紅綃妓者，擎一甌與生食。生少年赧妓輩，終不食。一品命紅綃妓以匙而進之，生不得已而食。妓哂之。遂告辭而去。一品曰：「郎君閒暇，必須一相訪，無間老夫也。」命紅綃送出院。

時生回顧，妓立三指，又反三掌者，然後指胸前小鏡子，云：「記取。」餘更無言。

生歸達一品意，返學院，神迷意奪，語減容沮，怳然凝思，日不暇食。但吟詩曰：「誤到蓬山頂上遊，明璫玉女動星眸。朱扉半掩深宮月，應照瓊芝雪艷愁。」左右莫能究其意。

時家中有崑崙奴磨勒，顧瞻郎君曰：「心中有何事，如此抱恨不已？何不報老奴？」

生曰：「汝輩何知，而問我襟懷間事？」磨勒曰：「但言，當爲郎君釋解。遠近必能成之。」生駭其言異，遂具告知。磨勒曰：「此小事耳，何不早言之，而自苦耶？」生又白其隱語。勒曰：「有何難會。立三指者，一品宅中有十院歌姬，此乃第三院耳。返掌三者，數十五指，以應十五日之數。胸前小鏡子，十五夜月圓如鏡，令郎來耶？」生大喜，不自勝，謂磨勒曰：「何計而能導達我鬱結？」磨勒笑曰：「後夜乃十五夜，請深青絹兩疋，爲郎君製束身之衣，一品宅有猛犬守歌妓院門，非常人不得輒入，入必噬殺之。其警如神，其猛如虎。即曹州孟海之犬也。世間非老奴不能斃此犬耳。今夕當爲郎君撾殺之。」遂宴犒以酒肉，至三更，攜鍊椎而往，食頃而回曰：「犬已斃訖，固無障塞耳。」是夜三更，與生衣青衣，遂負而逾十重垣，乃入歌妓院內，止第三門。繡戶不扃，金釭微明，惟聞妓長嘆而坐，若有所俟。翠環初墜，紅臉纔舒，玉恨無妍，珠愁轉瑩。但吟詩曰：「深洞鶯啼恨阮郎，偷來花下解珠璫。碧雲飄斷音書絕，空倚玉簫愁鳳凰。」侍衛皆寢，鄰近闃然。

生遂緩搴簾而入。良久，驗是生。姬躍下榻執生手曰：「知郎君穎悟，必能默識，所以手語耳。又不知郎君有何神術，而能至此？」生具告磨勒之謀，負荷而至。姬曰：「磨勒何在？」曰：「簾外耳。」遂召入，以金甌酌酒而飲之。姬白生曰：「某家本富，居在朔方。主人擁旄，逼爲姬僕。不能自死，尚且偷生，臉雖鉛華，心頗鬱結。縱玉筯舉饌，金鑪泛香，雲屏而每進綺羅，繡被而常眠珠翠，皆非所願，如在桎梏。賢爪牙既有神術，何妨爲脫狴牢。所願既申，雖死不悔。請爲僕隸，願侍光容。又不知郎君高意如何？」生愀然不語。

磨勒曰：「娘子既堅確如是，此亦小事耳。」姬甚喜。磨勒請先爲姬負其囊橐妝奩，如此三復焉。然後曰：「恐遲明。」遂負生與姬而飛出峻垣十餘重。一品家之守禦，無有警者。遂歸學院而匿之。

及旦，一品家方覺。又見犬已斃，一品大駭曰：「我家門垣，從來邃密，扃鎖甚嚴，勢似飛騰，寂無形跡，此必俠士而挈之。無更聲聞，徒爲患禍耳。」

姬隱崔生家二載，因花時駕小車而遊曲江，爲一品家人潛誌認。遂白一品。一品異之。召崔生而詰之。事懼而不敢隱，遂細言端由，皆因奴磨勒負荷而去。一品曰：「是姬大罪過。但郎君驅使踰年，即不能問是非。某須爲天下人除害。」命甲士五十人，嚴持兵仗，圍崔生院，使擒磨勒。磨勒遂持匕首飛出高垣，瞥若翅翎，疾同鷹隼，攢矢如雨，莫能中之。頃刻之間，不知所向。然崔家大驚愕。

後一品悔懼，每夕多以家童持劍戟自衛，如此周歲方止。

後十餘年，崔家有人見磨勒賣藥於洛陽市，容貌如舊耳。（原文完）

四明頭陀十四

道士不學頭陀無著

十四　四明頭陀

四川人許寂，少年時在浙江四明山向晉徵君學易經。有一日，有一對夫婦帶了一壺酒，到山上來借宿。許寂問他們從那裏來，答稱今日離剡縣而來。許寂說：「道路甚遠，那裏一日能到？」夫婦二人不答，許寂心下甚是奇怪，但見夫婦二人年紀甚輕，女的十分美貌，但神態嚴肅，很少說話。

當天晚上，二人拿了那壺酒出來，請許寂同飲。那男子取出一塊拍板，板上釘滿了銅釘，打起拍板，吭聲高歌，歌詞中講的都是劍術之道。唱了一會，從衣袖中取出兩物，一拉開，口中吆喝，只見兩口明晃晃的利劍躍將起來，在許寂頭頂盤旋交擊，光閃如電，雙劍相擊，聲鏗鏗不絕。許寂甚是驚駭，不敢稍動。過了一會，那男子收劍入匣，飲畢就寢。次日早晨去看二人時，室內只餘空榻，兩夫婦早已走了。

到午間，有一個頭陀來尋這對夫婦。許寂將經過情形向他說了。頭陀道：「我也是同道中人，道士願學劍術麼？」那時許寂穿的是道服，所以頭陀稱他爲道士。許寂推辭道：「我從小研修玄學，不願學劍。」頭陀傲然而笑，拿了許寂的淨巾來抹抹腳，徘徊間便失卻了影蹤。後來許寂又在華陰遇到他，才知道他是劍俠一流人物。

杜光庭（即〈虬髯客傳〉的作者）從京城長安到四川，宿於梓潼廳。到達不久，又有一僧到來。縣宰周某與這僧人本來相識。僧人對他說：「今日自興元來。」兩地相隔甚遠，一日而至，杜光庭甚爲詫異。明日一早僧人就走了。縣宰對杜光庭說：「此僧人會『鹿盧蹻』的輕身功夫，是劍俠中人。」唐時的方術中，有所謂龍蹻、虎蹻、鹿盧蹻，都是輕身飛行之術。

詩僧齊己，曾在潙山松下見到一僧，於指甲下抽出兩口劍，稍加舞動，跳躍凌空而去。

這則故事原名「許寂」，出孫光憲的《北夢瑣言》，其實包含了三個故事。三個故事都沒有甚麼精采，只是那對少年夫婦攜酒壺上山，信宿而去，有些飄逸之意，歌聲中述劍術之道，也有意境。那頭陀趕上山來，不知是他們的朋友還是仇人。

孫光憲是五代「花間派」詞人，名氣很大。我覺得他的詞並無多大新意。《花間集》選他的詞共六十首，其中三首〈浣溪沙〉比較寫得生動活潑：

「半踏長裾宛約行，晚簾疎處見分明。此時堪恨昧平生。　早是消魂殘燭影，更愁聞著品絃聲。杳無消息若爲情？」

「烏帽斜欹倒佩魚，靜街偷步訪仙居，隔牆應認打門初。將見客時微掩斂，得人憐處且生疏，低頭羞向壁間書。」

「風遞殘香出繡簾，團窠金鳳舞襜襜。落花微雨恨相兼。何處去來狂太甚，空推宿酒睡無厭，爭教人不別猜嫌？」

最後一首〈浣溪沙〉中，有一句「落花微雨恨相兼」，使人想到北宋詞人晏幾道那首極出名的〈臨江仙〉詞上闋：「夢後樓台高鎖，酒醒簾幕低垂。去年春恨卻來時。落花人獨立，微雨燕雙飛。」最後一聯可能得到孫光憲「落花微雨恨相兼」七字的啓發，但比較起來，〈臨江仙〉中的兩句意境高得多了。孫光憲詞的下闋寫女子懷疑情郎出外胡鬧，連帶「落花微雨」的情調也低了。

丁秀才
十五
雪晚来
飲一杯

十五　丁秀才

朗州道士羅少微，在茅山紫陽觀寄住。有一個丁秀才也住在觀裏。這秀才的舉動談吐，與常人也沒甚麼不同，只不過對應舉求官並不怎麼熱心。他在觀中一住數年，觀主一直對他很客氣。一晚隆冬大雪，幾個道士和丁秀才圍爐閒談，大家說天氣這樣冷，這時若有肥羊美酒，那眞快活不過了，說來不禁饞涎欲滴。丁秀才道：「那也沒甚麼難處。」紫陽觀在山上，大雪封山，深夜中那裏去找羊酒？衆道士以爲他是說笑，那知丁秀才說罷，開了觀門便大踏步出去。到得半夜回來，身上頭上都積滿了雪，手中提了一隻銀酒罈，裝滿了酒，又有一隻熟羊，說是從浙江大帥廚中取來的。衆道士又驚又喜，拍手歡笑。但見丁秀才取出長劍，擲於空中而舞，騰躍而去，就此不知所終，那隻銀酒罈卻仍留在桌上。觀主怕官府追究，將這件事向縣官稟報。

這則短故事也是孫光憲記於《北夢瑣言》之中。他在文末說：詩僧貫休〈俠客〉詩中有句云：「黃昏風雨黑如磐，別我不知何處去。」這位詩僧莫非是在江淮之間聽到了這件異事，因而啓發了詩的靈感嗎？

孫光憲五代時在荆南做大官。自高從誨、高保融、高保勗而至高繼沖，祖孫三代四人都重用他。

五代十國之中，荆南兵弱國小，作風最不成話。開國之主高季興本是一個商人的僕人，跟著朱全忠立功而做到荆南節度使。後唐莊宗李存勗滅梁，高季興去朝見，李存勗很高興，拍拍他的背脊，表示讚許。高季興覺得這是「最大的光榮，最大的幸福」，在這件衣服背上御手所拍之處，叫繡工繡上皇帝的手掌。但他回荆南後，對部屬們談話，卻料到李存勗不成大事。他說：「新主對勛臣豎手指云：『我於指頭上得天下。』如此則功在一人，臣佐何有？吾高枕無憂矣。」後來李存勗果爲部下兵將所殺。即使是高季興這種人，也知道功勞歸於「偉大的領袖」一人，將所有幹部都不瞧在眼內的態度是必定會壞事的。

高季興死後，長子從誨繼位。從誨死後子保融繼位。保融死後弟保勗繼位。高保勗從小有個外號叫作「萬事休」，因爲他父親最寵愛他，大發脾氣之際，一見到愛子，甚麼事都算了。保勗有個怪脾氣，喜歡看別人做愛。《宋史‧四八三卷》：「保勗幼多病，體貌臞瘠，淫佚無度，日召娼妓集府署，擇士卒壯健者令姿調謔，保勗與姬妾垂簾共觀，以爲娛樂。又好營造台榭，窮極土木之工。軍民咸怨，政事不治。從事孫光憲切諫不聽。」

保勗死後，保融之子繼沖接位。孫光憲眼見形勢不利，勸得他投降了宋朝。宋太祖待高氏一家很好，高氏子孫在宋朝做官，都得善終。這一家姓高的人品格都很差。荆南是交通要道（在今湖北省荆州一帶），諸國使者進貢送禮，常要經過其境，高氏往往發兵奪其財物。別國寫信來罵，高氏置之不理，若派兵來打，高氏就交還財物，道歉了事，絲毫不以爲恥。當時天下稱之爲「高賴子」。這些無賴之徒在宋朝居然得享富貴，那是孫光憲的功勞了。

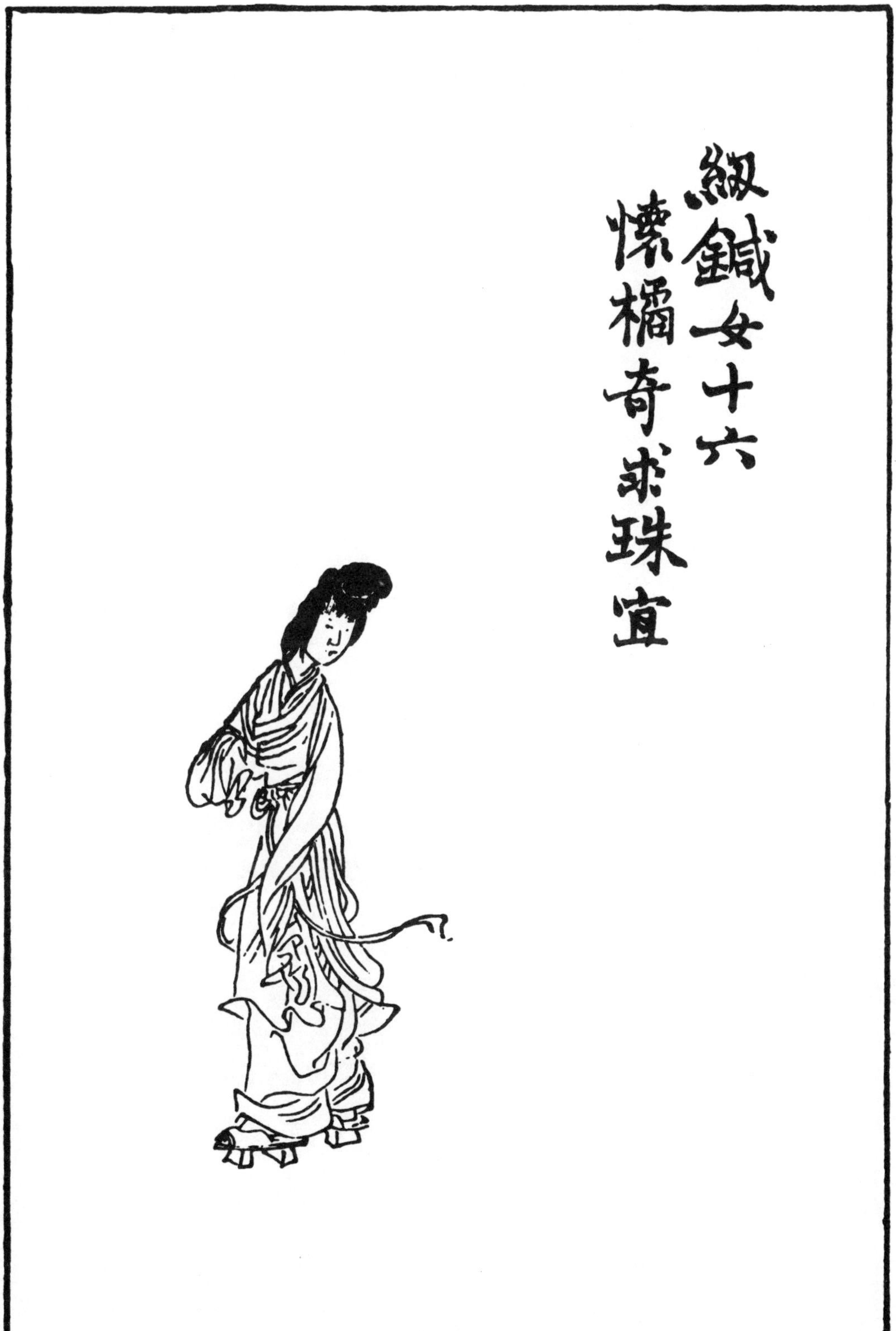
綴鍼女十六
懷橘奇求珠宜

十六　紉鍼女

唐時京城長安有位豪士潘將軍，住在光德坊，忘了他本名是甚麼，外號叫做「潘鶻硉」（「潘胡塗」的意思）。他本來住在湖北襄陽、漢口一帶，原是乘船販貨做生意的。有一次船隻停泊在江邊，有個僧人到船邊乞食。潘對他很器重，留他在船上款待了整天，盡力布施。僧人離去時說：「看你的形相器度，和一般商賈很不同。你妻子兒女的相貌也都是享厚福之人。」取了一串玉念珠出來送給他，說：「你好好珍藏。這串玉念珠不但進財，還可使你做官。」

潘做了幾年生意，十分發達，後來在禁軍的左軍中做到將軍，在京師造了府第。他深信自己的富貴都是玉念珠帶來的，所以對之看得極重，用繡囊盛了，放在一隻玉盒之中，供奉在神壇內。每月初一，便取出來對之跪拜。有一天打開玉盒繡囊，這串念珠竟然不見了。但繡囊和玉盒卻都並無移動開啓的痕跡，其他物品也一件不失。他嚇得魂飛天外，以爲這是破家失官、大禍臨頭的朕兆，嚴加訪查追尋，毫無影蹤。

潘家的主管和京兆府（首都長安）一個年近八十的老公人王超向來熟識，悄悄向他說起此事，請他設法追查。王超道：「這事可奇怪了。這決不是尋常的盜賊所偷。我想法子替你找找看，是不是能找到就難說了。」

王超有一日經過勝業坊北街，其時春雨初晴，見到一個十七八歲少女，頭上梳了三鬟，衣衫襤褸，腳穿木屐，在路旁槐樹之下，和軍中的少年士兵踢球為戲。士兵們將球踢來，她一腳踢回去，總是將球踢得直飛上天，高達數丈，腳法神妙，甚為罕見。閒人紛紛聚觀，采聲雷動。

王超心下甚感詫異，從這少女踢球的腳法勁力看來，必是身負武功，便站在一旁觀看。衆人踢了良久，興盡而散。那少女獨自一人回去。王超悄悄跟在後面，見她回到勝業坊北門一條短巷的家中。王超向街坊一打聽，知她與母親同居，以做針線過日子。

王超於是找個藉口，設法和她相識，盡力和她結納。聽她說她母親也姓王，就認那少女作甥女，那少女便叫他舅舅。

那少女家裏很窮，與母親同臥一張土榻，常常沒錢買米，一整天也不煮飯，王超時時周濟她們。但那少女有時卻又突然取出些來自遠方的珍異果食送給王超。蘇州進貢新產的洞庭橘，除了宰相大臣得皇帝恩賜幾隻之外，京城中根本見不到。那少女有一次卻拿了一隻洞庭橘給他，說是有人從皇宮中帶出來的。這少女性子十分剛強，說甚麼就是甚麼。王超心下很懷疑，但一直不動聲色。

這樣來往了一年。有一天王超攜了酒食，請她母女，閒談之際說道：「舅舅有件心事想和甥女談談，不知可以嗎？」那少女道：「深感舅舅的照顧，常恨難以報答。只要甥女力量及得到的，赴湯蹈火，在所不辭。」王超單刀直入，便道：「潘將軍失了一串玉念珠，不知甥女有否聽到甚麼訊息？」那少女微笑道：「我怎麼會知道？」

王超聽她語氣有些鬆動，又道：「甥女若能想法子覓到，當以財帛重重酬謝。」那少女道：「這事舅舅不可跟別人說起。甥女曾和朋友們打賭鬧著玩，將這串念珠取了來，那又不是眞的要了他，終於會去歸還的，只不過一直沒空罷了。明天清早，舅舅到慈恩寺的塔院去等我，我知道有人把念珠寄放在那裏。」

王超如期而往，那少女不久便到了。那時寺門剛開，寶塔門卻還鎖著。那少女道：「等一會你瞧著寶塔罷！」說罷縱身躍起，便如飛鳥般上了寶塔，飛騰直上，越躍越高。她鑽入塔中，頃刻間站在寶塔外的相輪之上，手中提著一串念珠，向王超揚了揚，縱身躍下，將念珠交給王超，笑道：「請舅舅拿去還他，財帛甚麼的，不必提了。」

王超將玉念珠拿去交給潘將軍，說起經過。潘將軍大喜，備了金玉財帛厚禮，請王超悄悄去送給那少女。可是第二日送禮去時，人去室空，那少女和她母親早不在了。

馮緘做給事的官時，曾聽人說京師多俠客一流人物，待他做了京兆尹（首都市長），

向部屬打聽，王超便說起此事。潘將軍對人所說的，也和王超的話相符。（見《劇談錄》）

這個俠女雖然具此身手，卻甘於貧窮，並不貪財，以做針線自食其力，盜玉念珠放於塔頂，在皇宮裏取幾隻橘子，衣衫襤褸，足穿木屐而和軍中少年們踢球，一派天眞爛漫，活潑可喜。

慈恩寺是長安著名大寺，唐高宗爲太子時，爲紀念母親文德皇后而建，所以稱爲慈恩。慈恩寺曾爲玄奘所住持，所以玄奘所傳的一宗佛教唯識法相宗又稱「慈恩宗」。寺中寶塔七級，高三百尺，高宗永徽三年玄奘監建。

宣慈寺門子十七
筆何必妙批類

十七　宣慈寺門子

唐乾符二年，韋昭範應宏詞科考試及第，中了進士。他是當時度支使（財政部長）楊嚴母親家的一家人。唐代的習慣，中進士後那一場喜慶宴會非常重要，必須盡力鋪張，因爲此後一生的前途和這次宴會有很大關係。韋昭範爲了使得宴會場面豪華，向度支使庫借來了不少帳幕器皿。楊嚴（他的哥哥楊收曾做宰相）還怕不夠熱鬧，又派使庫的下屬送來許多用具。所以這年三月間在曲江亭子開宴時，排場隆重闊綽，世所少見。這一天另外還有別的進士也在大排筵席，除了賓客雲集，長安城中還有不少閒人趕來看熱鬧。

賓主飲興方酣，忽然有一少年騎驢而至，神態傲慢，旁若無人，騎著驢子直走到筵席之旁，俯視衆人。衆賓主既驚且怒，都不知這惡客是何等樣人。那少年提起馬鞭，揮鞭往侍酒之人頭上打去，哈哈大笑，口出污言穢語，粗俗不堪。席上賓主都是文士，眼見這惡客舉止粗暴，一時都手足無措。

正尷尬間，旁觀的閒人之中忽有一人奮身而出，啪的一聲，打了那惡少一記耳光。這一記打得極重，那惡少應聲跌下驢子。那人拳打足踢，再奪過他手中的馬鞭，鞭如雨下，打了他百餘下。衆人歡呼喝采，都來打落水狗，瓦礫亂投，眼見便要將那惡少打死。

正在這時，忽然軋軋聲響，紫雲樓門打開，幾名身穿紫衣的從人奔了出來，大呼：「別打，別打！」又有一名品級甚高的太監帶了許多隨從，騎馬來救。

那人揮動鞭子，來一個打一個，鞭上勁力非凡，中者無不立時摔倒。那宦官身上也中了一鞭，吃痛不過，撥轉馬頭便逃，隨從左右也都跟著進門。紫雲樓門隨即關上，再也沒人敢出來相救。衆賓客大聲喝采，但不知這惡少是甚麼來頭，那時候宦官的權勢極盛，這人既是宦官一黨，再打下去必有大禍，於是便放了那惡少。

大家問那仗義助拳之人：「尊駕是誰？和座中那一位郎君相識，竟肯如此出力相助？」那人道：「小人是宣慈寺的看門人，跟諸位郎君都不相識，只是見這傢伙無禮，忍不住便出手了。」衆人大爲讚嘆，紛紛送他錢帛。大家說：「那宦官日後定要報復，須得急速逃走才是。」

後來座中賓客有許多人經過宣慈寺門，那看門人都認得他們，見到了總是恭恭敬敬的行禮。奇怪的是，居然此後一直沒聽到有人去捉拿追問。（見王定保《唐摭言》）

這故事所寫的俠客是一個極平凡的看門人，路見不平、拔拳相助之後，也還是做他的看門人。故事的結尾在平淡之中顯得韻味無窮。

李龜壽十八

嘻刺客焉花鵲

十八　李龜壽

唐宰相王鐸（按：原文本作白敏中，《太平廣記》纂修時改爲王鐸）外放當節度使，於僖宗即位後回朝又當宰相。他爲官正直，各處藩鎭的請求若是不合理的，必定堅執不予批准，因此得罪了許多節度使。他有讀書癖，雖然公事繁冗，每天總是要抽暇讀書，在永寧里的府第之中，另外設一間書齋，退朝之後，每在書齋中獨處讀書，引以爲樂。

有一天又到書齋去，只有一頭愛犬矮腳狗叫做花鵲的跟在身後。他一推開書房門，花鵲就不住吠叫，咬住他袍角向後拉扯。王鐸叱開了花鵲，走進書房。花鵲仰視大吠，越叫越響。他起了疑心，拔出劍來，放在膝上，向天說道：「若有妖魔鬼怪，儘可出來相見。我堂堂大丈夫，難道怕了你鼠輩不成？」剛說完，只見樑間忽有一物墜地，乃是一人。此人頭上結了紅色帶子，身穿短衫，容貌黝黑，身材瘦削，不住向王鐸磕頭，自稱罪該萬死。

王鐸命他起身，問他姓名，又問爲何而來。那人說道：「小人名叫李龜壽，盧龍人氏。有人給了小人很多財物，要小人來對相公不利。小人對相公的盛德很是感動，又爲花鵲所驚，難以隱藏。相公若能赦小人之罪，有生之年，當爲相公效犬馬之勞。」王鐸道：「我不殺你便了。」於是命親信都押衙傅存初錄用他。

次日清晨，有一個婦人來到相府門外。這婦人衣衫不整，拖著鞋子，懷中抱了個嬰兒，向守門人道：「請你叫李龜壽出來。」李龜壽出來相見，原來是他的妻子。婦人道：「我等你不見回來，昨晚半夜裏從薊州趕來相尋。」於是和李龜壽同在相府居住。薊州和長安相隔千里（薊州在河北北部，長安在陝西），這婦人懷抱嬰兒，半夜而至，自是奇怪得很了。

王鐸死後，李龜壽全家悄然離去，不知所終。（見皇甫枚《三水小牘》）

唐代藩鎮跋扈，派遣刺客去行刺宰相的事常常發生。憲宗時宰相武元衡就是給藩鎮所派的刺客刺死，裴度也曾遇刺而受重傷。

黃巢造反時，王鐸奉命爲諸道都統（剿匪總司令），用了個說話漂亮而不會打仗的人做將軍，結果大敗。朝廷改派高駢做都統，高駢毫無鬥志。王鐸痛哭流涕，堅決要求再幹，於是皇帝又派他當都統。這一次很有成效，四方圍堵黃巢，使黃巢不得不退出長安。朝中當權的宦官田令孜怕他功大，罷了他的都統之職，又要他去做節度使。

王鐸是世家子弟，生活奢華，又是書獃子脾氣，去上任時「侍妾成列，服御鮮華，如承平之態」（《通鑑》）。魏博節度使的兒子樂從訓貪他的財寶美女，伏兵相劫，將王鐸及他家屬從人三百餘人盡數殺死，搶了財物美女，向朝廷呈報說是盜賊幹的。朝廷微弱，明知其中緣故，卻無可奈何。按照史實，故事主角以白敏中較合。

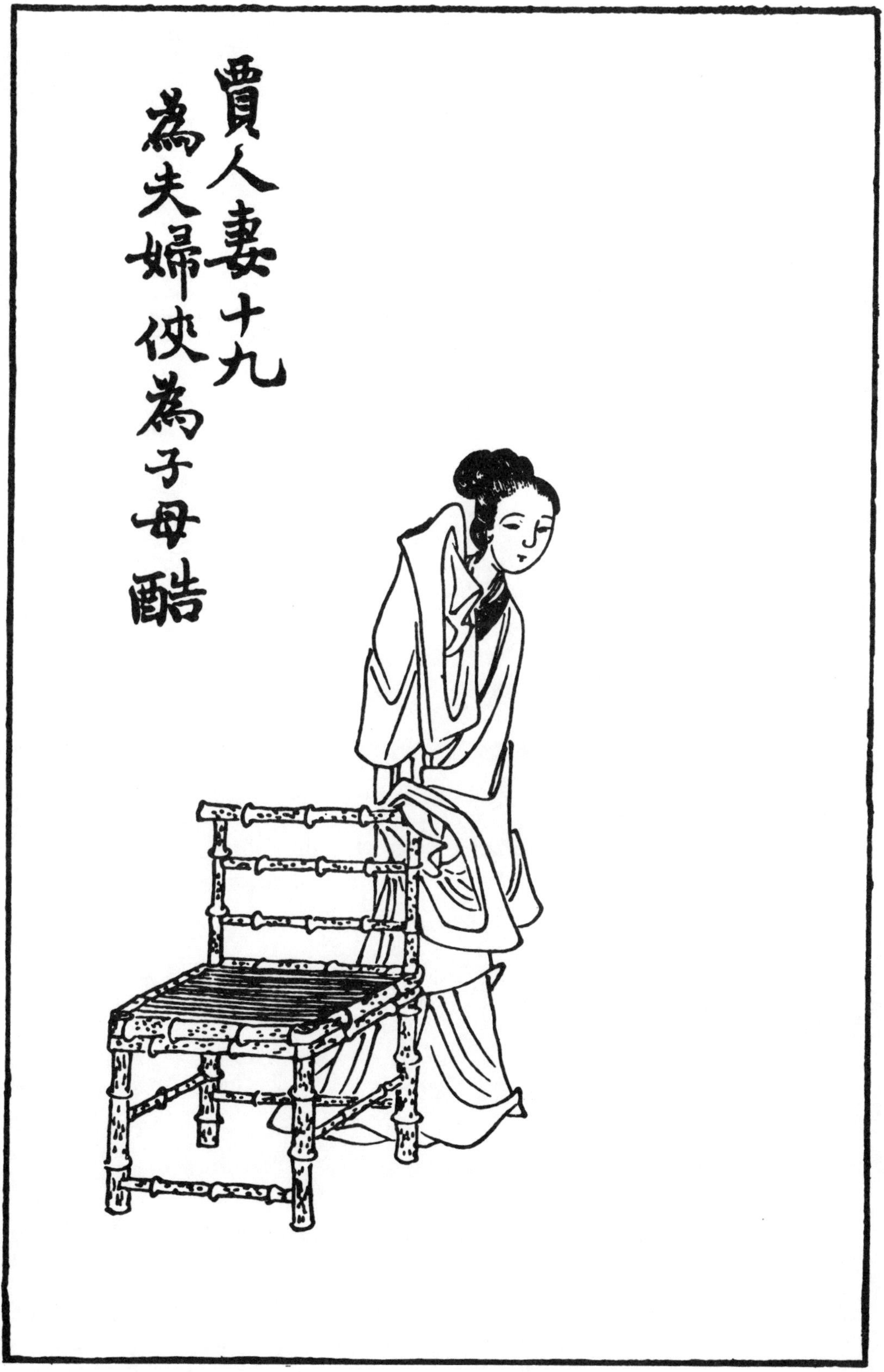
賈人妻十九
為夫婦俠為子母酷

十九　賣人妻

唐時餘干縣的縣尉王立任期已滿，要另調職司，於是到京城長安去等候調派，在長安城大寧里租了一所屋子住。那知道他送上去的文書寫錯了，給主管長官駁斥下來，不派新職。他著急得很，花錢運動，求人說情，帶來的錢盡數使完了，仍如石沉大海，沒有下文。他越等越心焦，到後來僕人走了，坐騎賣了，一日三餐也難以周全，淪落異鄉，窮愁不堪，每天只好到各處佛寺去乞些殘羹冷飯，以資果腹。

有一天乞食歸來，路上遇到一個美貌婦人，和他走的是同一方向，有時前，有時後，有時並肩而行，便和她閒談起來。王立神態莊重，兩人談得頗爲投機。王立便邀她到寓所去坐坐，那美婦人也不推辭，就跟他一起去。兩人情感愈來愈親密，當晚那婦人就和他住在一起。

第二天，那婦人道：「官人的生活怎麼如此窮困？我住在崇仁里，家裏還過得去，你跟我一起去住好麼？」王立既愛她美貌溫柔，又想跟她同居可以衣食無憂，便道：

「我運氣不好，狼狽萬狀。你待我如此厚意，那眞令我喜出望外了。卻不知你何以爲生？」那婦人道：「我丈夫是做生意的，已故世十年了，在長安市上還有一家店鋪。我每天早上到店裏去做生意，傍晚回家來服侍你。只要我店裏每天能賺到三百錢，家用就可夠了。官人派差使的文書還沒頒發下來，要去和朋友交遊活動，也沒使費，只要你不嫌棄我，不妨就住在這裏，等到冬天部裏選官調差，官人再去上任也還不遲。」

王立甚爲感激，心下暗自慶幸，於是兩人就同居在那婦人家裏。那婦人治家井井有條，做生意十分能幹，對王立更敬愛有加，家裏箱籠門戶的鑰匙，都交了給他。

那婦人早晨去店鋪之前，必先將一天的飲食飯菜安排妥貼，傍晚回家，又必帶了米肉金錢交給王立，天天如此，從來不缺。王立見她這樣辛苦，勸她買個奴僕作幫手，那婦人說用不著，王立也就不加勉強。

兩人的日子過得很快樂，過了一年，生了個兒子，那婦人每天中午便回家一次餵奶。

這樣同居了兩年。有一天，那婦人傍晚回家時神色慘然，向王立道：「我有個大仇人，怨恨徹骨，時日已久，一直要找此人復仇，今日方才得償所願，便須即刻離京。官人自請保重。這座住宅是用五百貫錢自置的，屋契藏在屏風之中，房屋和屋內的一切用具資財，盡數都贈給官人。嬰兒我無法抱去，他是官人的親生骨肉，請你日後多多照看。」一面說，一面哭，和他作別。王立竭力挽留，卻那裏留得住？

一瞥眼間，見那婦人手裏提著一個皮囊，囊中所盛，赫然是個人頭。王立大驚失色。那婦人微笑道：「不用害怕，這件事與官人無關，不會累到你的。」說著提起皮囊，躍牆而出，體態輕盈，有若飛鳥。王立忙開門追出相送，早已人影不見了。

他惆悵愁悶，獨在庭中徘徊，忽聽到門外那婦人的聲音，又回了轉來。王立大喜，忙搶出去相迎。那婦人道：「眞捨不得那孩子，要再餵他吃一次奶。」抱起孩子讓他吃奶，憐惜之情，難以自已，撫愛久之，終於放下孩子別去。王立送了出去，回進房來，舉燈揭帳看兒子時，只見滿床鮮血，那孩子竟已身首異處。

王立惶駭莫名，通宵不寐，埋葬了孩子後，不敢再在屋中居住，取了財帛，又買了個僕人，出長安城避在附近小縣之中，觀看動靜。

過了許久，竟沒聽到命案的風聲。當年王立終於派到官職，於是將那座住宅變賣了，去上任做官，以後也始終沒再聽到那婦人的音訊。（出薛用弱《集異記》）

這個女俠的個性奇特非凡，平時做生意，管家務，完全是個勤勞溫柔的賢妻良母，兩年之中，身分絲毫不露。一旦得報大仇，立時決絕而去。別後重回餵奶，已是一轉，餵乳後竟殺了兒子，更是驚心動魄的大變。所以要殺嬰兒，當是一刀兩斷，割捨心中的眷戀之情。雖然是俠女斬情絲的手段，但心狠手辣，實非常人所能想像。

我國古時描寫俠士的短篇小說，常寫俠士有異常人的「忍」，聶隱娘是其中之一，

《聊齋誌異》中的「俠女」，也有類似感情。甚至《兒女英雄傳》中的十三妹，性格中也有「忍」的影子。日本一些身有異能的奇士稱爲「忍者」，不知與中國這一類的「忍人」是否有些淵源。

我國古代的劍俠，性格中常強調「忍」字，似乎如不能克制自己的溫情，就不能堅決果斷。近代和當代的武俠小說，書中主角卻與此相反，越是正面人物，越是重情義，有溫情，性格殘忍毒辣者通常是壞人。

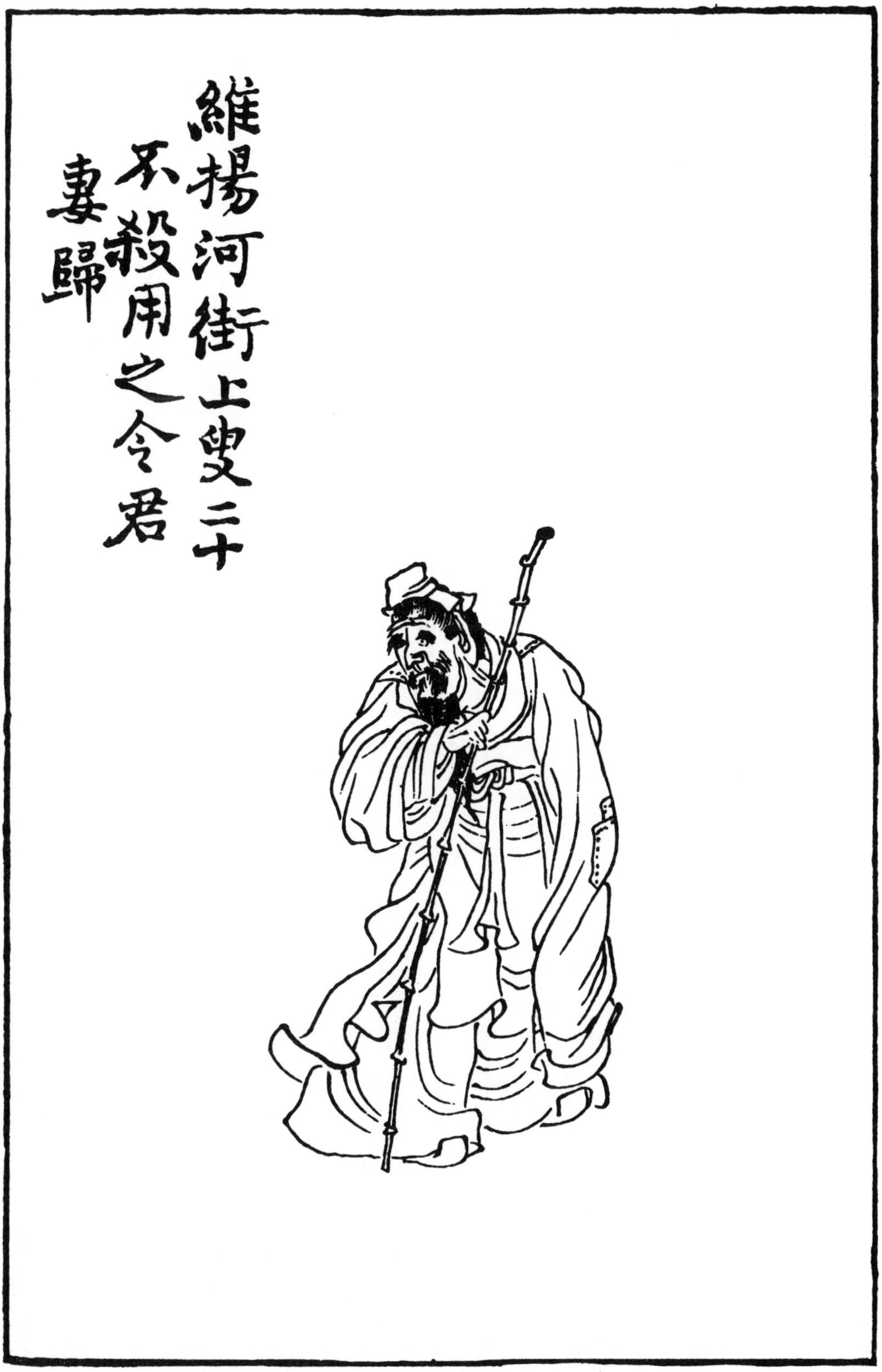
維揚河街上叟二十
不殺用之令君
妻歸

二十　維揚河街上叟

呂用之在維揚渤海王高駢手下弄權，擅政害人，所用的主要是特務手段。唐羅隱所撰《廣陵妖亂志》中說：「上下相蒙，大逞妖妄，仙書神符，無日無之，更迭唱和，罔知愧恥。自是賄賂公行，條章日紊。煩刑重賦，率意而爲。道路怨嗟，各懷亂計。用之懼其竊發之變，因請置巡察使，採聽府城密事。渤海遂承制授御史大夫，充諸軍都巡察使。於是召募府縣先負罪停廢胥吏陰狡兇狠者，得百許人，厚其官傭，以備指使，各有十餘丁，縱橫閭巷間，謂之『察子』。至於士庶之家，呵妻怒子，密言隱語，莫不知之。自是道路以目。有異己者，縱謹靜端默，亦不免其禍，破滅者數百家。將校之中，累足屏氣焉。」

用特務人員來偵察軍官和百姓，以至人家家裏責罵妻子兒子的小事，呂用之也都知道。即使是小心謹慎，生怕禍從口出之人，只要是得罪了他，也難免大禍臨頭。可見當權者使用特務手段，歷代都有，只不過名目不同而已。在唐末的揚州，特務頭子的官名叫做「諸軍都巡察使」。特務人員都是陰狡兇狠之徒，從犯法革職的低級公務人員中挑選出來。每個特務手下，又各有十幾名調查員，薪津待遇很高，叫做「察子」。「察子」的名稱倒很不錯，比之甚麼「調查統計員」、「保安科科員」、「公安隊隊員」等等要簡單明瞭得多。

中和四年秋天，有個商人劉損，攜同家眷，帶了金銀貨物，從江夏來到。他抵達揚州不久，就有「察子」向呂用之報告，說劉損的妻子裴氏美貌非凡，世所罕有。呂用之便捏造了一個罪名，把劉損投入獄中，將他的財物和裴氏都霸佔了去。劉損設法賄賂，方才得釋，但妻子爲人所奪，自是憤恨無比。這個商人會做詩，寫了三首詩：

寶釵分股合無緣，魚在深淵鶴在天。得意紫鸞休舞鏡，斷踪青鳥罷啣箋。金盆已覆難收水，玉軫長抛不續絃。若向蘼蕪山下過，遙將紅淚洒窮泉。

鸞飛遠樹棲何處？鳳得新巢已稱心。紅粉尚存香幕幕，白雲初散信沉沉。情知點污投泥玉，猶自經營買笑金。從此山頭人似石，丈夫形狀淚痕深。

舊嘗遊處徧尋看，雖是生離死一般。買笑樓前花已謝，畫眉山下月猶殘。雲歸巫峽音容斷，路隔星橋過往難。莫怪詩成無淚滴，盡傾東海也須乾。

詩很差，意境不高，但也適合他的身分。

劉損寫了這三首詩後，常常自吟自嘆，傷心難已。有一天晚間在船中憑水窗眺望，只見河街上有一虬髯老叟，行步迅速，神情昂藏，雙目炯炯如電。劉損見他神態有異，不免多看了幾眼。那老叟跳上船來，作揖爲禮，說道：「閣下心中有甚麼不平之事？爲何神情如此憤激鬱塞？」劉損一五一十的將一切都對他說了。那老叟道：「我去設法將你夫人和貨物都取回來。只是夫人和貨物一到，必須立即開船，離開這是非之地，不可停留。」

劉損料想他是身負奇技的俠士，當即拜倒，說道：「長者能報人間不平之事，何不斬草除根，卻容奸黨如此無法無天？」老叟道：「呂用之殘害百姓，奪君妻室，若要一刀將他殺卻，原也不難。只是他罪惡實在太大，神人共怒，就此這樣殺了，反倒便宜了他。他罪惡越積越多，將來禍報必定極慘，不但他自身遭殃，身首異處，還會連累全家和祖宗。現下只是幫你去將妻室取回來，至於他日後報應，自有神明降災，老夫卻也不敢妄自代爲下手。」

那老叟潛入呂用之家中，躍上屋頂斗拱，朗聲喝道：「呂用之，你背違君親，大行妖孽，奸淫擄掠，苛虐百姓。爲非作歹，罪惡滔天。陰曹地府冥官已一一記下你的過惡，上天指日便要行刑。你性命已在呼吸之間，卻還修仙煉丹，想求甚麼長生不老？吾特奉命前來，觀察你的所作所爲，回去稟報玉皇大帝。你種種罪過，一樁樁都要清理。今日先問第一件大罪：你爲何強佔劉損的妻室和財物？快快送去還他。倘若執迷不悟，仍然好色貪財，立即教你頭隨刀落！」

說罷，飛身而出，不見影蹤。

呂用之聽得聲自半空而發，始終不見有人，只道眞是天神示警，大爲驚懼，急忙點起香燭，向天禮拜，磕頭無算。當夜便派遣下屬，將裴氏及財物送還到劉損船上。劉損大喜，不等天明，便催促舟子連夜開船，逃出揚州。那虬髯老叟此後也不再現身。（見《劍俠傳》）

《卅三劍客圖》中所繪的三十三位劍客，有許多人品很差，行爲甚怪，這虬髯老叟卻是一位眞正的俠客，扶危濟困，急人之難。呂用之裝神扮仙，愚弄高駢，他修的是神仙之術，自己總不免也有些相信。那老叟即以其人之道，還治其人之身，也假裝神仙，嚇他一嚇，果然立刻見效。但料得呂用之細思之下，必起疑心，所以要劉損逃走。

揚州明明是處於特務統治的恐怖局面之下，劉損卻帶了嬌妻財物自投羅網，想必揚州是殷富之地，只要有生意可做，有大錢可賺，雖然危險，也要去交易一番了。

在《劍俠傳》中，故事的主角叫做劉損，是個商人。但《詩餘廣選》一書中載稱：「賈人女裴玉娥善箏，與黃損有婚姻之約，贈詞云云。後爲呂用之劫歸第，賴胡僧神術復歸。」那麼故事的主角是姓黃而不姓劉了。這位裴家小姐給呂用之搶去時，似乎還未和黃損成婚，而救她脫得魔掌的，也不是虬髯叟而是一個胡僧。

劉損不知何許人，黃損則在歷史上眞有其人。黃損，字益之，連州人，後來在南漢做到尚書左僕射的大官，因直言進諫而觸犯了皇帝，退居永州。當時也有人傳說他成了仙的，著作有《三要書》、《桂香集》、《射法》。他贈給未婚妻裴小姐的詞是一首很香艷的〈憶江南〉，流傳後世，詞曰：

「平生願，願作樂中箏。得近玉人纖手子，砑羅裙上放嬌聲。便死也爲榮。」

希望成爲意中人某種使用的衣物、得以親近的想法，古今中外的詩篇中很多。連不願爲五斗米折腰的陶潛如此正人君子也有一篇〈閒情賦〉，其中說「願在衣而爲領，承華首之餘芳」；「願在裳而爲帶，束窈窕之纖身」；「願在眉而爲黛，隨瞻視以閒揚」；「願在莞而爲席，安弱體於三秋」；「願在絲而爲履，附素足以周旋」等等，想做意中人身上的衣領、腰帶、畫眉黛、席子、鞋子。

比陶潛更早的，張衡〈同聲歌〉中有云：「願思爲莞席，在下蔽匡床。願爲羅衾幬，在上衛風霜。」張衡之願，見義勇爲，似乎是一片衛護佳人之心，但想做佳人的席子帳子，畢竟還是念念不念於那張床，反不及陶潛的坦白可愛。

廿多年前，我初入新聞界，在杭州東南日報做記者，曾寫過一篇六七千字的長文，發表在該報的副刊「筆壘」上，題目叫做「願」，就是寫中外文學作品中關於這一類的情詩，曾提到英國雪萊、濟慈、洛塞蒂等人類似的詩句。少年時的文字早已散佚，但此時憶及，心中仍有西子湖畔春風駘蕩、醉人如酒之樂。

黃損〈憶江南〉詞中那兩句「得近玉人纖手子，砑羅裙上放嬌聲」，《詩餘廣選》說本為唐人崔懷寶的詩句。大概那位裴家小姐善於彈箏，所以黃損借用了那句詩，用在自己的詞中，箏的形狀似瑟、十三絃，常常是放在膝上彈的。陶潛的〈閒情賦〉中，尚有「願在晝而為影，常依形而西東」；「願在夜而為燭，照玉容於兩楹」；「願在竹而為扇，含淒飆於柔握」；「願在木而為桐，作膝上之鳴琴」等種種想法。崔懷寶的詩句未必一定從陶潛的賦中得到靈感，對意中人思之不已，發為痴想，原是很自然之事。

「損」是一個不好的字眼，古人用「損」字做名字，現代人一定覺得奇怪。其實，《易經》中有「損」卦，是謙抑節約的意思，《易經》認為是「有孚，元吉，无咎，可貞，利有攸往」，越是謙退，越有好處，大吉大利，那是中國人傳統的處世哲學。《後漢書．蔡邕傳》：「人自損抑，以塞咎戒」，《後漢書．光武紀》：「情存損挹，推而不居」，將功勞和榮譽讓給別人而不驕傲自大，結果最有益處，所以黃損字益之。

呂用之這壞蛋在高駢手下做了官後，自己取了個字，叫做「無可」。《廣陵妖亂志》說：「因字之曰『無可』，言無可無不可也。」簡直是無所不為，無惡不作。呂用之後來為楊行密腰斬，怨家將他屍身斬成肉醬。

高駢本來文武雙全，有詩集一卷傳世。《唐書．高駢傳》載：「有二鵰並飛，駢曰：『我且貴，當中之。』一發貫二鵰焉。衆大驚，稱『落鵰侍御』。」此人不但是射鵰英雄，而且是射雙鵰英雄。高駢用兵多奇計，所向克捷，曾征服安南。他統治越南時，曾疏濬自越南到廣州的江河，便利航運，可見辦事也極有才能。但晚年大富大貴之後怕死之極，只想長生不老，乃求神仙之術，終於禍國殃民，爲部下叛軍所殺。

寺行者二十一
休打鐘皮囊中

二十一　寺行者

唐朝末年，五代初期，朱全忠篡唐，建立後梁，年號開平，那時有個名叫韋洵美的士人，剛考中進士，沒有官職，受到魏博節度使所屬鄴州州長的聘任，要前去做一個小官，於是帶了他心愛的姬人素娥前去上任。到了鄴州後，魏博節度使羅紹威聽說這個素娥不但容貌十分美麗，而且讀書不少，能作詩詞，是個才女。

羅紹威雖是武人，但喜歡讀書，附庸風雅，也會作幾首歪詩。當時最有名的詩人是羅隱，羅隱的詩並非第一流，但善於交際，名氣很大。羅紹威把羅隱請到魏博去，作爲上賓，還和他聯宗，說大家都姓羅，是一家人，由此顯得自己也是詩人。他聽說一個美麗的才女來到魏博，大爲動心，便派人送了二百疋帛去給韋洵美和素娥，表示向他要這個美姬。韋洵美在他手下做官，而當時的節度使是強凶霸道的軍閥，倘若不肯，節度使就會派兵來搶人，自己還有性命之憂，無可奈何之下，只得把素娥打扮得漂漂亮亮，送了給羅紹威。這個素娥姓崔，是大梁（今開封，當時是朱全忠的首都）好人家的女兒，她除了是會作詩的才女外，還善於說笑話，和她相會，人人都大爲開心。

韋洵美失了愛姬，官也不做了，當夜渡過黃河，在一所寺廟中借宿，長吁短嘆，大發牢騷，大罵：「世上竟有這樣不公道的事！」鬱鬱而寢。寺裏有個行者（即不落髮的修行頭陀，《水滸傳》中武松號「行者武松」，即出家而不剃度）聽見了，敲門進房行禮，請問相公因何事如此憤憤不平。韋洵美一五一十的都告訴了他，那行者便欻然出門而去。三更時分，忽然負了一隻大皮囊回寺，丟進韋洵美房中而去。韋洵美打開皮囊，見愛姬素娥在內，兩人相見大喜。

次日清晨，詢問寺僧。寺中和尚說，這個行者在寺裏打鐘，已辛辛苦苦的幹了三十年，現今不知到那裏去了。韋洵美立即帶了素娥，遠遠的逃離魏博。

這位行者，自是一位了不起的隱俠，三十年中不露行跡，只在一所寺廟中打鐘，一旦遇到不平之事，竟能鋌身而出，到一個大軍閥的家中將被人奪去的姬人劫了回來。魏博是唐末軍力最強大的大鎮，〈紅線傳〉中紅線去盜金合的，就是魏博節度使田承嗣之所。聶隱娘的父親聶鋒，是魏博節度使手下的大將。

魏博所轄的地區，在今河北省南部、河南省東部、山東省西北部的一大片地域，當地民風強悍，是出精兵之地。田承嗣、朱全忠等本來都是黃巢手下帶兵大將，黃巢起義失敗後，唐朝廷將他留下來的將領和部屬分封各地。朱全忠以大梁一帶爲根據地，逐步擴大勢力，終於篡了唐朝。魏博是當時一個大藩鎮，兵力很強。〈紅線傳〉中說到田承嗣建立一枝親兵部隊，稱爲「外宅男」，令得其他藩鎮（包括潞州的薛嵩）很是害怕。〈紅線傳〉中說田承嗣的金合被盜後，寫信給薛嵩，保證要解散這枝「武勇十倍」的三千外宅男，但事實上他並沒有解散，反而擴大招募，這枝親兵人數既衆，戰鬥力又強，稱爲「牙兵」，後來變成了驕兵。老節度使逝世，牙兵要擁誰繼任節度使，誰便做成了節度使，朝廷和當地的統帥都沒有辦法。羅紹威的父親羅弘信，就是得到牙兵擁戴而做魏博節度使的。羅弘信逝世後，羅紹威又得牙兵歡心而繼任節度使。

牙兵的勢力這樣大，情況變成了和古羅馬的某一段時期差不多。羅馬帝國建立帝制後，有一段時期中，羅馬皇帝由皇帝的衛隊廢弒和擁立，衛隊長的實權比皇帝更大。禁軍衛隊的作用本來是保衛皇帝，但槍桿子中出政權，禁軍親衛兵掌握武力，他們可以殺害皇帝、擁立新的皇帝。魏博的牙兵既有了這樣大的權力，節度使對他們便忌憚害怕。羅紹威心生一計，便去和朱全忠密議，要鏟除魏博的牙兵。朱全忠的女兒嫁了給羅紹威的兒子爲妻，這時剛去世，朱全忠派了將軍，率領一千兵去魏博合葬。這一千兵是精銳部隊，都扮作了挑夫，所挑的擔子下面都是空的，裏面藏了甲兵。到了約定日子的早一晚，羅紹威派人到兵器庫去，將弓弦和護身甲上的扣帶都割斷了。到日，羅紹威率領親信部隊與朱全忠的精兵合擊牙軍，牙軍要抵抗時，弓弦斷了，甲冑穿不上身，於是八千名牙軍全軍覆沒，無一得存，連家中老小婦孺也一概屠殺。因牙兵是家族制，父子兄弟相傳。

這樣一來，魏兵大衰，魏博軍力減退，不再成爲強藩。羅紹威大悔，對人說，此事做得大錯而特錯：「合六州四十三縣鐵，不能爲此錯也。」王莽時錢幣鑄成刀形，錯金是鍍金的意思，在錢刀上鍍金字曰：「一刀直五千」，等於是發行大額錢幣，這種大錢，稱爲「錯刀」。以「錯刀」之錯，形容「錯誤」之錯。羅紹威說這一把錯刀大極，將他所統治的六個州之中所有的鐵都集合起來，也鑄不成這樣一把大錯刀，意思說誅殺牙兵雖然去了心腹之患，但也剪去了自己最強大的武裝力量。

李勝二十二
殺亦不甚刻使知懼

二十二　李勝

有個書生名叫李勝，常到洪州（今南昌）的西山遊玩。有一天晚上，天下大雪，與朋友盧齊及此外五六人一起共飲。有人說：「雪下得這樣大，出不了門啦。」李勝問他想去那裏，雪雖大，他倒可以去。那人說：「我在星子有幾本書，想去拿來。你能爲我拿來嗎？」李勝說：「可以！」便走出了門。各人飲酒未散，李勝已將書拿來了。但星子到西山，相距有三百多里，他竟於頃刻間來回，實令人駭異。

游唯觀中有個道士，曾對李勝很不禮貌。李勝說：「我不能殺他，但可以叫他害怕。」有一天，道士在臥室裏關了門睡覺。李勝叫一名童子敲門，說來拿李先生的匕首。道士起身，見枕頭邊插著一把亮光閃閃的匕首，還在不住顫動。道士大吃一驚，心知李勝沒有殺他，饒了他性命，從此之後，對李勝就十分恭敬有禮。

這李勝顯然是有異術的，他不隨便用來殺人，只是有人對他無禮，就設法警告他一下，令對方以後規規矩矩，也就是了，這是「俠中君子」。

這部《卅三劍客圖》中的主角，都是唐宋間人物。唐宋五代並無叫作李勝的名人。東漢時有一個李勝，是個不怎麼重要的文人。三國時魏國也有個李勝，凡是讀過《三國演義》的，都會知道此人。《三國演義》第一百零六回寫〈司馬懿詐病賺曹爽〉，司馬懿假裝病重，曹爽以爲司馬懿病得快死了，對他就不加防備。這個故事歷史上眞有其事，《資治通鑑》中的描寫，和《三國演義》很接近：

「冬，河南尹李勝出爲荊州刺史，過辭太傅懿。懿令兩婢侍。持衣，衣落；指口言渴，婢進粥，懿不持杯而飲，粥皆流出霑胸。勝曰：『衆情謂明公舊風發動，何意尊體乃爾！』懿使聲氣纔屬，說：『年老枕疾，死在旦夕。君當屈幷州，幷州近胡，好爲之備。恐不復相見，以子師、昭兄弟爲託。』勝曰：『當還忝本州，非幷州。』懿乃錯亂其辭曰：『君方到幷州？』勝復曰：『當忝荊州。』懿曰：『年老意荒，不解君言。今還爲本州，盛德壯烈，好建功勛！』勝退，告爽曰：『司馬公尸居餘氣，形神已離，不足慮矣。』他日，又向爽等垂泣曰：『太傅病不可復濟，令人愴然。』故爽等不復設備。」(《通鑑．魏記》邵陵厲公正始九年)

李勝去做荊州刺史(他是南陽人，南陽屬荊州，所以稱爲本州)，《三國演義》的作者不知爲了甚麼緣故，將他改爲青州刺史。歷史上說李勝有文才，但性格浮華。曹爽失敗後，李勝也爲司馬懿所殺。曹爽手下謀士如何晏之徒，都是虛浮漂亮的清談家，自然不是老奸巨猾的司馬懿的對手。這個李勝本身並無甚麼值得一談，就像《三國演義》和京劇「羣英會」中的蔣幹，因給人利用、上了大當而千古揚名。

魏國這個李勝自然和圖中的劍客毫不相干，不過因爲同名同姓，拉來談談。

司馬懿的作風，就是越女所說的「見之似好婦，奪之似懼虎」，《孫子兵法》中「始如處女，敵人開戶，後如脫兔，敵不及拒」原則。在當代政治的權力鬥爭中，也有人應用這原則而得到很大成功的。

張忠定二十三
山老不乖諸君自崖

二十三　張忠定

張詠，自號乖崖，山東鄄城人，是北宋太宗、眞宗兩朝的名臣，死後謚忠定，所以稱爲張忠定。宋人筆記小說中有不少關於他的軼事。

張詠未中舉時，有一次經過湯陰縣，縣令和他相談投機，送了他一萬文錢。張詠便將錢放在驢背上，和一名小童趕驢回家。有人對他說：「前面這一帶道路非常荒涼，地勢險峻，時有歹人出沒，還是等到有其他客商後結伴同行，較爲穩便。」張詠道：「天氣冷了，父母年紀已大，未有寒衣，我怎麼能等？」只帶了一柄短劍便即啓程。

走了三十餘里，天已晚了，道旁有間孤零零的小客棧，張詠便去投宿。客棧主人是個老頭，有兩個兒子，見張詠帶了不少錢，很是歡喜，悄悄的道：「今夜有大生意了！」張詠暗中聽見了，知道客棧主人不懷好意，於是出去折了許多柳枝，放在房中。店翁問他：「那有甚麼用？」張詠道：「明朝天沒亮就要趕路，好點了當火把。」他說要早行，預料店主人便會提早發動，免得自己睡著了遭到了毒手。

果然剛到半夜，店翁就命長子來叫他：「鷄叫了，秀才可以動身了。」張詠不答，那人便來推門。張詠早已有備，先已用床抵住了左邊一扇門，雙手撐住右邊那扇門。那人出力推門，張詠突然鬆手退開，那人出其不意，跌撞而入。張詠回手一劍，將他殺了，隨即將門關上。過不多時，次子又至，張詠仍以此法將他殺死，持劍去尋店翁，只見他正在烤火，伸手在背上搔癢，甚是舒服，當即一劍將他腦袋割了下來。黑店中尚有老幼數人，張詠斬草除根，殺得一個不留，呼童牽驢出門，縱火焚店，行了二十里天才亮。後來有行人過來，說道來路上有一家客棧失火。（出宋人劉斧《青瑣高議》：「湯陰縣，未第時膽勇殺賊」。）

《宋史・張詠傳》說他「少負氣，不拘小節，雖貧賤客遊，未嘗下人。」又說他「少學擊劍，慷慨好大言，樂當奇節。」《宋史》中記載了他的兩件事，可以見到他個性。有一次有個小吏冒犯了他，張詠罰他帶枷示衆。那小吏大怒，叫道：「你若不殺我頭，我這枷就戴一輩子，永遠不除下來。」張詠也大怒，即刻便斬了他頭。這件事未免做得過份，其實不妨讓他戴著枷，且看他除不除下來。

另一件事說有個士人在外地做小官，受到悍僕挾制，那惡僕還要娶他女兒爲妻，士人無法與抗，甚是苦惱。張詠在客店中和他相遇，得知了此事，當下不動聲色，向士人借此僕一用，騎了馬和他同到郊外去。到得樹林中無人之處，揮劍便將惡僕殺了，得意洋洋的回來。他曾對朋友說：「張詠幸好生在太平盛世，讀書自律，若是生在亂世，那眞不堪設想了。」

筆記《聞見近錄》中，也記載了張詠殺惡僕的故事，敘述比較詳細。那小官虧空公款，受到惡僕挾制，若不將長女相嫁，便要去出首告發。合家無計可施，深夜聚哭。張詠聽到了哭聲，拍門相詢，那小官只說無事，問之再三，方以實情相告。張詠次日便將那惡僕誘到山谷中殺了，告知小官，說僕人不再回來，並告誡他以後千萬不可再貪污犯法。

張詠生平事業，最重要的是做益州知州（四川的行政官）。

宋太宗淳化年間，四川地方官壓迫剝削百姓，貧民起而作亂，首領叫做王小波，將彭山縣知縣齊元振殺了。這齊元振平時誅求無厭，剝削到的金錢極多。造反的百姓將他肚子剖了開來，塞滿銅錢，人心大快。後來王小波爲官兵所殺，餘衆推李順爲首領，攻掠州縣，聲勢大盛。太宗派太監王繼恩統率大軍，擊破李順，攻克成都。

據陸游《老學庵筆記》記載，李順逃走的方法甚妙：官兵大軍圍城，成都旦夕可破，李順突然大做法事，施捨僧衆。成都各處廟宇中的數千名和尚都去領取財物。李順部下數千人同時剃度爲僧，改穿僧服。到得傍晚，東門西門兩處城門大開，萬餘名和尚一齊散出。李順早已變服爲僧，混雜其中，就此不知去向，官兵再也捉他不到。（《鹿鼎記》寫韋小寶化裝爲喇嘛逃生，便襲用此法。）官軍後來捉到一個和李順相貌很像的長鬚大漢，將他斬了，說已殺了李順，呈報朝廷冒功。

李順雖然平了，但太監王繼恩統軍無方，擾亂民間，於是太宗派張詠去治蜀。王繼恩捉了許多亂黨來交給張詠辦罪，張詠盡數將他們放了。王繼恩大怒。張詠道：「前日李順脅民爲賊，今日詠與公化賊爲民，有何不可哉？」王繼恩部下士卒不守紀律，掠奪民財，張詠派人捉到，也不向王繼恩說，逕自將這些士兵綁了，投入井中淹死。王繼恩也不敢向他責問，雙方都假裝不知。士兵見張詠手段厲害，就規矩得多了。

太宗深知這次四川百姓造反，是地方官逼出來的，於是下罪己詔布告天下，深自引咎，詔中說：「朕委任非當，燭理不明，致彼親民之官，不以惠和爲政，筦榷之吏，惟用刻削爲功，撓我蒸民，起爲狂寇。念茲失德，是務責躬。改而更張，永鑒前弊，而今而後，庶或警予！」他認爲百姓所以造反，都因自己委任官吏（民政官和稅務官）不當，處理政務不善而造成，實是自己的「失德」。這次受到警惕，以後決不再犯這種錯誤。後世的大領袖卻認爲自己總是永遠正確的，一切錯誤過失全是百姓不好，比之宋太宗趙光義的風度和品格來，那可差得遠了。

張詠很明白官逼民反的道理，治蜀時很爲百姓著想，所以四川很快就太平無事。他在亂事平定後安撫四川，深知百姓受到壓迫太甚時便會鋌而走險的道理。後來他做杭州知州，正逢饑荒，百姓有很多人去販賣私鹽渡日，官兵捕拿了數百人，張詠隨便教訓了幾句，便都釋放了。部屬們說：「私鹽販子不加重罰，恐怕難以禁止。」張詠道：「錢塘十萬家，饑者十之八九，若不販鹽求生，一旦作亂爲盜，就成大患了。待秋收之後，百姓有了糧食，再以舊法禁販私鹽。」《宋史》記載了這一件事，當是讚美他的通情達理。中國儒家的政治哲學，以寬厚愛民爲美德，不若法家的苛察嚴峻。

王小波在四川起事時，以「均貧富」爲口號，他對衆貧民說：「吾疾貧富不均，今爲汝均之。」（《續資治通鑑》宋太宗淳化四年）沈括在《夢溪筆談》中記稱：「蜀中劇賊李順，陷劍南、兩川，關右震動，朝廷以爲憂。後王師破賊，梟李順，收復兩川，書功行賞，了無間言。至景祐中，有人告李順尚在廣州。巡檢使臣陳文璉捕得之，乃眞李順也，年已七十餘，推驗明白，囚赴闕，覆按皆實。朝廷以平蜀將士功賞已行，不欲暴其事，但斬順，賞文璉二官，仍閤門祗候。文璉，泉州人，康定中老歸泉州，予尚識之。文璉家有『李順案款』，本末甚詳。順本味江王小博（按：應爲王小波，音近）之妻弟。始王小博反於蜀中，不能撫其徒衆，乃共推順爲主。順初起，悉召鄉里富人大姓，令具其家所有財粟，據其生齒足用之外，一切調發，大賑貧乏。錄用材能，存撫良善，號令嚴明，所至一無所犯。時兩蜀大饑，旬日之間，歸之者數萬人。所向州縣，開門延納，傳檄所至，無復完壘。及敗，人尚懷之，故順得脫去三十餘年，乃始就戮。」

沈括雖稱李順爲「劇賊」，但文字中顯然對他十分同情。李順的作風也很有人情味，並不屠殺富人大姓，只是將他們的財物糧食拿出來賑濟貧民，同時根據富戶家中人丁數目，留下各人足用的糧食。

《青瑣高議》中，又記載李順亂蜀之後，凡是到四川去做官的，都不許攜帶家眷。張詠做益州知州，單騎赴任。部屬怕他執法嚴厲，都不敢娶妾侍、買婢女。張詠很體貼下屬的性苦悶，於是先買了幾名侍姬，其餘下屬也就敢置侍姬了。張詠在蜀四年，被召還京，離京時將侍姬的父母叫來，自己出錢爲衆侍姬擇配嫁人。後來這些侍姬的丈夫都大爲感激，因爲所娶到的都是處女。《青瑣高議》這一節的題目是「張乖崖，出嫁侍姬皆處女」。

蘇轍的《龍川別志》中，記載張詠少年時喜飲酒，在京城常和一道人共飲，言談投機，分別時又大飲至醉，說道：「和道長如此投緣，只是一直未曾請教道號，異日何以認識？」道人說道：「我是隱者，何用姓名？」張詠一定要請教。道人說道：「貧道是神和子，將來會和閣下在成都相會。」日後張詠在成都做官，想起少年時這道人的說話，心下詫異，但四下打聽，始終找他不到。後來重修天慶觀，從一條小徑走進一間小院，見堂中四壁多古人畫像，塵封已久，掃壁而視，見畫像中有一道者，旁題「神和子」三字，相貌和從前共飲的道人一模一樣。原來神和子姓屈突，名無爲，字無不爲，五代時人，有著作，便以「神和子」三字署名。（故事很怪。「屈突無不為」的名字也怪。蘇子由居然會相信這種神怪故事而記載了下來！）

在沈括的《夢溪筆談》中，同樣有個先知預見的記載：張詠少年時，到華山拜見陳摶，想在華山隱居。陳摶說：「如果你眞要在華山隱居，我便將華山分一半給你（據說宋太祖和陳摶下棋輸了，將華山輸了給他）。但你將來要做大官，不能做隱士。好比失火的人家正急於等你去救火，怎能袖手不理？」於是送了一首詩給他，詩云：「征吳入蜀是尋常，歌舞筵中救火忙，乞得金陵養閒散，也須多謝鬢邊瘡。」當時張詠不明詩意，其後他知益州、知杭州，又知益州，頭上生惡瘡，久治不愈，改知金陵，均如詩言。

世傳陳摶是仙人，稱為陳摶老祖。這首詩未必可信，很可能是後人在張詠死後好事捏造的。

沈括是十一世紀時我國淵博無比的天才學者，文武全才，文官做到龍圖閣直學士，曾統兵和西夏大戰，破西夏兵七萬。他的《夢溪筆談》中有許多科學上的創見。英人李約瑟在《中國科學文明史》第一卷中，曾將該書內容作一分析，詳列書中涉及算學、天文曆法、氣象學、地質、地理、物理、化學、工程、冶金、水利、建築、生物、農藝、醫學、藥學、人類學、考古、語言學、音樂、軍事、文學、美術等等學問，而且各有獨到的見地，眞是不世出的大天才。

《夢溪筆談》中另外還記錄了張詠的一則軼事：

蘇明允（蘇東坡的父親）常向人說起一件舊事：張詠做成都府知府時，依照慣例，京中派到成都的京官均須向知府參拜。有一個小京官，已忘了他的姓名，偏偏不肯參拜。張詠怒道：「你除非辭職，否則非參拜不可。」那小京官很是倔強，說道：「辭職就辭職。」便去寫了一封辭職書，附詩一首，呈上張詠，站在庭中等他批准。張詠看了他的辭呈，再讀他的詩，看到其中兩句：「秋光都似宦情薄，山色不如歸意濃。」不禁大爲稱賞，忙走到階下，握住他手，說道：「我們這裏有一位詩人，張詠居然不知道，對你無禮，眞是罪大惡極。」和他攜手上廳，陳設酒筵，歡語終日，將辭職書退回給他，以後便以上賓之禮相待。

張詠的性子很古怪，所以自號「乖崖」，乖是乖張怪僻，崖是崖岸自高。《宋史》則說：「乖則違衆，崖不利物。」他生平不喜歡賓客向他跪拜，有客人來時，總是叫人先行通知免拜。如果客人禮貌周到，仍向他跪拜，張詠便會大發脾氣，或者向客人跪拜不止，連磕幾十個頭，令客人狼狽不堪，又或是破口大罵。他性子急躁得很，在四川時，有一次吃餛飩（現在四川人稱爲「抄手」，當時不知叫作甚麼？），頭巾上的帶子掉到了碗裏，他把帶子甩上去，一低頭又掉了下來。帶子幾次三番的掉入碗裏，張詠大怒，把頭巾抛入餛飩碗裏，喝道：「你自己請吃個夠罷！」站起身來，怒氣沖沖的走開了。（見他有時也很幽默。在澶淵之盟中大出風頭的寇準做宰相，張詠批評他說：「寇公奇材，惜學術不足爾。」後來兩人遇到了，寇準大設酒筵請他，分別時一路送他到郊外，向他請教：「何以教準？」張詠想了一想，道：「〈霍光傳〉不可不讀。」寇準不明白他的用意，回去忙取〈霍光傳〉來看，讀到「不學無術」四字時，恍然大悟，哈哈大笑，說：「張公原來說我不學無術。」

他治理地方，很愛百姓，特別善於審案子，當時人們曾將他審案的判詞刊行。他做杭州知州時，有個青年和姊夫打官司爭產業。那姊夫呈上岳父的遺囑，說：「岳父逝世時，我小舅子還只三歲。岳父命我管理財產，遺囑上寫明，等小舅子成人後分家產，我得七成，小舅子得三成。遺囑上寫得明明白白，又寫明小舅子將來如果不服，可呈官公斷。」說著呈上岳父的遺囑。張詠看後大爲驚嘆，叫人取酒澆在地下祭他岳父，連讚：「聰明，聰明！」向那人道：「你岳父眞是明智。他死時兒子只有三歲，託你照料，如果遺囑不寫明分產辦法，又或者寫明將來你得三成，他得七成，這小孩子只怕早給你害死了，那裏還能長成？」當下判斷家產七成歸子，三所歸婿。當時人人都服他明斷。

中國向來傳統，家產傳子不傳女。張詠這樣判斷，乃是根據人情和傳統，體會立遺囑者的深意，自和現代法律的觀念不同。這立遺囑者確是智人，即使日後他兒子遇不著張詠這樣的智官，只照著遺囑而得三成家產，那也勝於遭姊夫害死了。

《青瑣高議》中還有一則記張詠在杭州判斷兄弟分家產的故事：張詠做杭州知州時，有一個名叫沈章的人，告他哥哥沈彥分家產不公平。張詠問明事由，說道：「你兩兄弟分家，已分了三年，爲甚麼不在前任長官那裏告狀？」沈章道：「已經告過了，非但不准，反而受罰。」張詠道：「旣是這樣，顯然是你的不是。」將他輕責數板，所告不准。

半年後，張詠到廟裏燒香，經過街巷時記起沈章所說的巷名，便問左右道：「以前有個叫沈章的人告他哥哥，住在那裏？」左右答道：「便在這巷裏，和他哥哥對門而居。」張詠下馬，叫沈彥和沈章兩家家人全部出來，相對而立，問沈彥道：「你弟弟曾向我投告，說你們父親逝世之後，一直由你掌管家財。他年紀幼小，不知父親傳下來的家財到底有多少，說你分得不公平，虧待了他。到底是分得公平呢，還是不公平？」沈彥道：「分得很公平。兩家財產完全一樣多少。」又問沈章，沈章仍舊說：「不公平，哥哥家裏多，我家裏少。」沈彥道：「一樣的，完全沒有多寡之分。」

張詠道：「你們爭執數年，沈章始終不服，到底誰多誰少，難道叫我來給你們兩家一一查點？現在我下命令，哥哥的一家人，全部到弟弟家裏去住；弟弟的一家人，全部到哥哥家裏去住。立即對換。從此時起，哥哥的財產全部是弟弟的，弟弟的財產全部是哥哥的。雙方家人誰也不許到對家去。哥哥既說兩家財產完全相等，那麼對換並不吃虧。弟弟說本來分得不公平，這樣總公平了罷？」

張詠做法官，很有些異想天開。當時一般人卻都十分欣賞他這種別出心裁的作風，稱之為「明斷」。

張詠為人嚴峻剛直，但偶爾也寫一兩首香艷詩詞。宋人吳處厚《青箱雜記》中云：「文章純古，不害其為邪。文章艷麗，亦不害其為正。然世或見人文章鋪陳仁義道德，便謂之正人君子，及花草月露，便謂之邪人，茲亦不盡也。」文中舉了許多正人君子寫香艷詩詞的例子，其中之一是張詠在酒席上所作贈妓女小英的一首歌：「天教搏百花，作小英明如花。住近桃花坊北面，門庭掩映如仙家。美人宜稱言不得，龍腦薰衣香入骨。維揚軟縠如雲英，亳郡輕紗似蟬翼。我疑天上婺女星之精，偷入筵中名小英；又疑王母侍女初失意，謫向人間為飲妓。不然何得膚如紅玉初碾成，眼似秋波雙臉橫？舞態因風欲飛去，歌聲遏雲長且清。有時歌罷下香砌，幾人魂魄遙相驚。人看小英心已足，我見小英心未足。為我高歌送一杯，我今贈汝新翻曲。」這首歌頗為平平，張乖崖豪傑之士，詩歌究非其長。他算是西崑派詩人，所作詩錄入《西崑酬唱集》，但好詩甚少。

張詠發明了一種東西，全世界的成年人天天都要使用：鈔票。他治理四川時，覺得金銀銅錢攜帶不便，於是創立「交子」制度，一張鈔票作一千文銅錢。這是中國最早的紙幣，也是全世界最早的紙幣。世界上很多人知道電燈、電話、盤尼西林等等是誰發明的，但人人都喜歡的鈔票，卻很少人知道發明者是張詠。

秀州刺客二十四
未可留乃苗劉

二十四　秀州刺客

宋靖康年間金人南侵，擄徽宗、欽宗北去，高宗在南方即位。其後金人數次南侵，高宗倉皇奔逃，自揚州逃到杭州，命禮部侍郎張浚在蘇州督師守禦。高宗到了杭州後，任命王淵爲代理樞密使（副總理兼國防部部長）。扈從統制（首都衛戍司令）苗傅和另一統兵官劉正彥不服，又因高宗親信太監康履等擅作威福，苗劉二人便發動兵變，將王淵殺了，又逼迫高宗交出康履殺死。那時諸將統兵在外抵禦金兵，杭州的衛戍部隊均由苗劉二人指揮，槍桿子裏面出政權，高宗惶惑無計。苗劉二人跟著逼高宗退位，禪位給他年方三歲的兒子，由太后垂簾聽政，「建炎三年」的年號也改爲「明受元年」。

苗劉二人專制朝政，用太后和小皇帝的名義發出詔書。張浚在蘇州得到消息，料知京城必定發生了兵變，便約同在江寧（南京）督師的呂頤浩，以及大將張俊、韓世忠、劉光世等統兵勤王。但高宗在叛兵手裏，如急速進兵，恐怕危及皇帝，又怕叛軍挾了皇帝百官逃入海中，於是一面不斷書信來往，和苗劉敷衍，一面派兵守住入海的通道。

苗劉二人是粗人，並無確定的計劃，起初升張浚爲禮部尚書，想拉攏他，後來得知他決心進討，於是下詔將他革職。張浚恐怕將士得知自己被革職後人心渙散，將僞詔藏起，取出一封舊詔書來隨口讀了幾句，表示杭州來的詔書內容無關緊要，便即繼續南進，司令部駐在秀州（嘉興）。

一晚張浚在司令部中籌劃軍事，戒備甚嚴，突然有一人出現在他身前，從懷中取出一張紙來，說道：「這是苗傅和劉正彥的賞格，取公首級，即有重賞。」張浚很是鎭定，問道：「你想怎樣？」那人道：「我是河北人，讀過一些書，還明白逆順是非的道理，豈能爲賊所用？苗劉二兇派我來行刺侍郎。小人來到營中，見公戒備不嚴，特地前來告知。只怕小人不去回報，二兇還會繼續遣人前來。」張浚離座而起，握手問他姓名。那人不答，逕自離去，倏來倏往，視衆衛士有如無物。

張浚次日引出一名已判了死罪的犯人，斬首示衆，聲稱這便是苗劉二兇的刺客。那眞刺客的相貌形狀，他已熟記於心，後來遣人暗中尋訪，想要報答他，可是始終無法找到。（見《宋史·張浚傳》）

張浚率兵南下勤王，韓世忠爲先鋒。韓世忠的妻子梁紅玉那時留在杭州，給苗劉二人扣留了。宰相朱勝非騙苗劉說，不如請太后命梁氏去招撫韓世忠。苗劉不知是計，接受他的意見。太后召梁紅玉入宮，封她爲安國夫人，命她快去通知韓世忠，即刻趕來救駕。梁紅玉騎馬急馳，從杭州一日一夜之間趕到了秀州。

張浚和韓世忠部隊開到臨平，和苗劉部下軍隊交鋒。江南道路泥濘，馬不能行，韓世忠下馬執矛，親身衝鋒。苗劉軍大敗。當晚苗劉二人逃出臨安。韓世忠領兵追討，分別成擒，送到南京斬首。高宗重賞韓世忠，加封梁紅玉為護國夫人。世人都知梁紅玉金山擊鼓大戰金兀朮，其實在此之前便已立過大功。

張浚也因勤王之功而大為高宗所親信，被任為樞密使（國防部長）。史稱：「浚時年三十三，國朝執政，自寇準以後，未有如浚之年少者。」他後來還立了不少大功，統率吳玠、吳璘兄弟在和尚原大破金兵，保全四川，是最著名的一役。

岳飛破洞庭湖農民軍首領楊么，張浚是這一役的總司令。

張浚對韓世忠和岳飛二人特別重用。史稱：「時銳意大舉，都督張浚於諸將中每稱世忠之忠勇，飛之沉鷙，可以倚辦大事，故並用之。」在秦檜當國期間，張浚被迫長期退休。岳飛遭害之時，張浚正在受排斥期間，倘若他在朝廷，必定力爭，或許同時會遭秦檜害死，或許岳飛可以免死。但同時遭害的可能性大得多。

他一生主戰，向來和秦檜意見不合。《宋史》載：「浚去國幾二十載，天下士無賢不肖，莫不傾心慕之。武夫健將，言浚者莫不咨嗟太息，至兒童婦女，亦知有張都督也。金人憚浚，每使至，必問浚安在，惟恐其復用。當是時秦檜怙寵固位，懼浚為正論以害己，令台臣有所彈劾，論必及浚反，謂浚為『國賊』，必欲殺之。」終於周密布置，命人揑造口供，誣他造反。幸虧張浚年紀輕，秦檜適於此時年老病死，張浚才得免禍。

高宗死後，孝宗對他十分重用，對金人戰守大計，均由他主持，後來做到宰相兼樞密使都督（總理兼國防部長兼三軍總司令），封魏國公。

岳飛被害，千古大獄，歷來都歸罪於秦檜。但後人論史也偶有指出，倘若不是宋高宗同意，秦檜無法害死岳飛。文徵明〈滿江紅〉有句云：「笑區區一檜亦何能？逢其欲！」說明秦檜只不過迎合高宗的心意而已。不過論者認為高宗所以要殺岳飛，是怕岳飛北伐成功，迎回欽宗（高宗的哥哥，其時徽宗已死），高宗的皇位便受到威脅。我想這雖是理由之一，但決不會是很重要的原因。高宗做皇帝已久，文臣武將都是他所用的人。欽宗即使回來，也決計做不成皇帝。高宗要殺岳飛，相信和苗傅、劉正彥這一次叛變有很大關係。

苗劉之叛，高宗受到極大屈辱，被迫讓位給自己的三歲兒子。這一次政變，一定從此使他對手握兵權的武將具有莫大戒心。當時大將之中，韓世忠、張浚、劉光世三人曾參與平苗劉的勤王之役，岳飛卻是後進，那時還沒有露頭角。偏偏岳飛不懂高宗的心理，做了一件頗不聰明之事。

紹興七年，岳飛朝見高宗，內殿單獨密談。岳飛提出請正式立建國公爲皇太子。高宗沒有答允，說道：「卿言雖忠，然握重兵於外，此事非卿所當預也。」意思說，這種事情你是不應當管的。岳飛退下後，參謀官薛弼接著朝見，高宗將這事對他說了，又說：「飛意似不悅，卿自以意開諭之。」那時岳飛手握重兵，高宗很擔心他不高興，所以叫參謀官特別去勸他，要他不必介意。

疑忌武將是宋朝的傳統。宋太祖以手握兵權而黃袍加身，後世子孫都怕大將學樣。秦檜誣陷岳飛造反，正好迎合了高宗的心意。要知高宗趙構是個極聰明之人，如果他不是自己想殺岳飛，秦檜的誣陷一定不會生效。

紹興七年，張浚進呈一批馬匹，高宗和他討論馬匹優劣和產地等等，談得很投機。張浚道：「臣聽說，陛下只要聽到馬的蹄聲，便知馬好壞，那是眞的嗎？」高宗道：「不錯。我隔牆聽馬蹄之聲，便能分別好馬和劣馬。只要明白了要點所在，那也不是難事。」張浚道：「要分辨畜生的優劣，或許不很難，只有知人爲難。」高宗點頭道：「知人的確很難。」張浚道：「一個人是否有才能，那是不易知道的。但議論剛正，態度嚴肅之人，一定不肯做壞事；一味歌功頌德，大叫萬壽無疆，陛下不論說甚麼，總是歡呼喝采之人，必不可用。」高宗認爲此言不錯。

《宋史・岳飛傳》中記載了一件岳飛和高宗論馬的事。高宗問岳飛：「卿有良馬否？」岳飛道：「臣本來有兩匹馬，每日吃豆數斗，飲泉水一斛，倘若食物不清潔，便不肯吃。奔馳時起初也不很快，馳到一百里後，這才越奔越快，從中午到傍晚，還可行二百里，卸下鞍子後，不噴氣，不出汗，若無其事。那是受大而不苟取，力裕而不求逞，致遠之材也。不幸這兩匹馬已相繼死了。現在所乘的那一匹，每天不過吃數升豆，甚麼糧食都吃，甚麼髒水都喝，一騎上去便發力快跑，可是只跑得一百里，便呼呼噴氣，大汗淋漓，便像要倒斃一般。這是寡取易盈，好逞易窮，駑鈍之材也。」高宗大為讚嘆，說他的議論極有道理。岳飛論的是馬，眞意當然是借此比喻人的品格。

張訓妻二十五
婢何皐殁無謂

二十五　張訓妻

張訓是五代時吳國太祖楊行密部下的大將，嘴巴很大，外號叫作「張大口」。

楊行密在宣州時，分鎧甲給衆將，張訓所得的相當破舊，很惱怒。他妻子道：「那又何必放在心上？只不過司徒不知道罷了，又不是故意的。如果他知道的話，一定不會分舊甲給你。」第二天，楊行密問張訓道：「你分到的鎧甲如何？」張訓說了，楊行密便換了一批精良的鎧甲給他。後來楊行密駐軍廣陵，分賜諸將馬匹。張訓所得大部分是劣馬，他又很不滿意。他妻子仍這樣安慰他。第二天楊行密問起，張訓照實說了。

楊行密問道：「你家裏供神麼？」張訓道：「沒有。」楊行密道：「先前我在宣州時，分鎧甲給諸將。當晚做了個夢，夢到一個婦人，穿眞珠衣，對我說：『楊公分給張訓的鎧甲很破舊，請你掉換一下。』第二天我問你，果然不錯，就給你換了。昨天賜諸將馬，又夢到那個穿眞珠衣的婦人，對我說：『張訓所得的馬不好。』那是甚麼道理？」張訓也大感奇怪，不明原由。

張訓的妻子有一口衣箱，箱裏放的是甚麼東西，從來不給他看到。有一天他妻子有事外出，張訓偷偷打開箱子，見箱中有一襲眞珠衣，不由得暗自納罕。他妻子歸來後，問道：「你開過我的衣箱，是不是？」

他妻子向來總是等他回家後一起吃飯，但有一天張訓回來時，妻子已先吃過了，對他說：「今天的食物很有些特別，因此沒等你，我先吃了。」張訓到廚房中去，見鑊裏蒸著一個人頭，不禁大爲驚怒，知道妻子是個異人，決意要殺她。他妻子道：「你想負我麼？只是你將做數郡刺史，我不能殺你。」指著一名婢女道：「你如要殺我，必須先殺此婢，否則你就難以活命。」張訓就將他妻子和婢女一起殺了。後來他果然做到刺史。（出吳淑《江淮異人錄》）

這個女人算不得是劍客，只能說是「妖人」。不過她對張訓一直很好，雖然蒸人頭吃，似乎並無加害丈夫之意。那婢女當是她的心腹，她要丈夫一併殺了，以免受到婢女的報復，對丈夫倒一片眞心。任渭長在圖中題字說：「婢何罪，死無謂」，沒有明白張訓之妻的用意。（「辠」是「罪」的本字，秦始皇做了皇帝，臣子覺得這「辠」字太像「皇」字了，於是改爲「罪」字，見《說文》。拍皇帝馬屁而創造新字，很像是李斯的手法。）

張訓在歷史上眞有其人，是安徽淸流人。楊行密起於淮南，部下大將大部分是合肥、六合、宿州一帶人氏。世傳楊行密以三十六英雄在廬州發跡。我不知三十六英雄是那些人，相信「張大口」張訓必是其中之一。楊行密部下著名的大將有田頵、李神福、陶雅、李德誠、劉威、臺濛、朱延壽等人，個個驍勇善戰。

歐陽修的《五代史》中說楊行密力氣很大。《舊五代史》中則說他跑路很快（會輕功？），每天能行三百里，最初做「步奏使」的小官，用以傳遞軍訊。《資治通鑑》則說：「行密馳射武技，皆非所長，而寬簡有智略，善撫御將士，與同甘苦，推心待物，無所猜忌。」從歷史上的記載看來，楊行密所以成功，第一是愛護百姓，注重人民生活，第二是善於撫御將士，第三是性格堅毅，屢敗屢戰。他用兵並無特別才能，但不折不撓，拖垮了敵人。

楊行密本是高駢部下的廬州刺史，這刺史之位也是他殺了都將自行奪來的。高駢統治揚州，政事給呂用之弄得一團糟，部下將官畢師鐸、秦彥、張神劍（此人本名張雄，因善於使劍，人稱張神劍）作亂，殺了高駢。呂用之逃到廬州。楊行密發兵為高駢報仇，佔領揚州，由此而逐步擴大勢力。（後來呂用之在楊行密軍中又想搗鬼，為楊所殺。）

當時楊行密的大敵是流寇孫儒。此人十分殘暴，將百姓的屍體用鹽醃了，載在車上隨軍而行，作為糧食。孫儒的部隊比楊行密多了十倍，進攻揚州時楊行密抵擋不住，只好退出。孫儒入城後縱火屠殺，大肆姦淫擄掠，隨即退兵。楊行密派張訓趕入城中救火，搶救了數萬斛糧食，賑濟百姓。

楊行密和孫儒纏戰數年，互有勝敗，最後一場大會戰在皖浙邊區進行。張訓部隊堅守浙江安吉，斷了孫儒軍隊的糧道。孫軍食盡，軍中瘧疾流行，孫儒自己也染上了，楊行密由此而破其軍，斬孫儒，收編了孫儒的不少部屬，奏凱重回揚州。《十國紀年》載：「行密過常州，謂左右曰：『常州，大城也，張訓以一劍下之，不亦壯哉！』」那麼張訓的劍法似乎也很好。

楊行密到揚州後，財政甚爲困難，想專賣茶葉和鹽，他部下的有識之士勸他不可和民爭利，說道：「兵火之餘，十室九空，又漁利以困之，將復離叛。不若悉我所有，易鄰道所無，足以給軍。選賢守令勸課農桑，數年之間，倉庫自實。」楊行密接受了這個意見，並不搜括搾取百姓，而以與外地貿易的辦法來籌募軍費。

《通鑑》稱：「淮南被兵六年，士民轉徙幾盡。行密初至，賜與將吏，帛不過數尺，錢不過數百；而能以勤儉足用，非公宴，未嘗舉樂。招撫流散，輕傜薄斂，未及數年，公私富庶，幾復承平之舊。」可見政府要富足，向百姓搜括並不是好辦法。稅輕，徵發少，對百姓仁厚，藏富於民，經濟上的控制越寬，公和私都越富庶。單是公富而私不富，公家之富也很有限。

五代十國時天下大亂，楊行密所建的吳國卻安定富庶，便是輕傜薄斂之故。楊行密軍力不強，部下亦沒有甚麼了不起的將才和智士，但愛民愛士。朱全忠數度遣大軍相攻，始終無法取勝。

昭宗天復三年，朱全忠又和楊行密交戰。張訓和王茂章等攻克密州（山東諸城），張訓作刺史。朱全忠大怒，親率大軍二十萬趕來反攻。張訓眼見衆寡不敵，與諸將商議。諸將都說，反正密州不是我們的地方，主張焚城大掠而去。張訓說：「不可。」將金銀財寶都留在城裏不取，在城頭密插旗幟，命老弱先退，自以精兵殿後，緩緩退卻。朱全忠的部將率領大軍到來，見城頭旗幟高張，而城中一無動靜，疑有埋伏，不敢進攻，等了數日才敢入城，見倉庫房舍完好，財物又多，將士急於擄掠享受，誰也不想追趕。張訓得以全軍而還。

楊行密晚年，大將田頵、安仁義、朱延壽等先後叛變。五代十國之時，大將殺元帥而自立之事累見不鮮，田頵這些人擁兵自雄，不免有自立爲王之意，但一一爲楊行密所平定。

安仁義是沙陀人，神箭無雙。歐陽修《五代史》中載稱：「吳之軍中，推朱瑾善槊，志誠（米志誠）善射，皆爲第一，而仁義常以射自負，曰：『志誠之弓，十不當瑾槊之一；瑾槊之十，不當仁義弓之一。』（恰似後人說：「天下文章在紹興，紹興文章以我哥哥爲第一，我哥哥的文章常請我修改修改！」）每與茂章（王茂章）等戰，必命中而後發，以此吳軍畏之，不敢行近。行密亦欲招降之，仁義猶豫未決。茂章乘其怠，穴地道而入，執仁義，斬於廣陵。」

朱延壽是楊行密的小舅子，擁兵於外，將叛。楊行密假裝目疾，接見朱延壽的使者時，常常東指西指，故意說錯。有一日在房中行走，突然在柱子上一撞，昏倒於地，表示眼病重極。朱夫人扶他起身，楊行密良久方醒，流淚道：「吾業成而喪其目，是天廢我也。吾兒子皆不足以任事，得延壽付之，吾無恨矣！」宣稱朱延壽是他最最親密的戰友，決心指定他為接班人。朱夫人大喜，忙派人去召朱延壽來，準備接班。朱延壽不再懷疑，興高采烈的來見姊夫。楊行密在寢室中接見，便在房門口殺了他，跟著將朱夫人也嫁給了別人。

殺朱延壽這計策，頗有司馬懿裝病以欺曹爽的意味，這巧計是大將徐溫手下謀士嚴可求所提出的，因此徐溫得到楊行密的信任重用。楊行密病死後，長子楊渥繼位，為徐溫所殺，立楊行密次子隆演，吳國大權入於徐溫之手。徐溫的幾個親生兒子都沒有甚麼才能，徐溫死後，大權落入他養子李昪（音卞，日光、光明、明白之意）手中。李昪奪楊氏之位自立，改國號為唐，史稱南唐。大名鼎鼎的李後主，便是李昪的孫子。

楊行密少年時為盜。歐陽修對他的總評說：「嗚呼，盜亦有道，信哉！行密之書，稱行密為人，寬仁雅信，能得士心。其將蔡儔叛於廬州，悉毀行密墳墓（掘了他的祖墳），及儔敗，而諸將皆請毀其墓以報之。行密嘆曰：『儔以此為惡，吾豈復為耶？』嘗使從者張洪負劍而侍，洪拔劍擊行密，不中，洪死，復用洪所善陳紹負劍不疑。又嘗罵其將劉信，信忿，奔孫儒。行密戒左右勿追，曰：『信豈負我者耶？其醉而去，醒必復來。』明日果來。行密起於盜賊，其下皆驍武雄暴，而樂爲之用者，以此也。」

徐溫是私鹽販子出身，對待部下就不像楊行密這樣豁達大度。他派劉信出戰，一直擔心他反叛。劉信知道了，心中很生氣，打了勝仗回來，徐溫設宴慰勞，喝完酒後大家擲骰子賭博。歐史載稱：「信斂骰子，厲聲祝曰：『劉信欲背吳，骰爲惡彩，苟無二心，當成渾花。』溫遽止之。一擲，六子皆赤。溫慚，自以巵酒飲信，然終疑之。」劉信擲骰子大概會作弊，將這種反不反叛的大事，也用擲骰子來證明，而一把擲下去，六粒骰子居然擲了個滿堂紅，未免運氣太好了。

《江淮異人錄》的作者吳淑是江蘇南部丹陽人，屬吳國轄地，所以對當地的異人奇行記載特詳，他曾參加《太平御覽》、《太平廣記》等書的編纂。

潘袞 二十六
自稱野客依鄭匡國

二十六　潘扆

據《南唐書》載，潘扆（音衣，室中門與窗之間的地方，稱爲扆）常在江淮之間往還，自稱「野客」，曾投靠海州刺史鄭匡國。鄭匡國對他不大重視，讓他住在馬厩旁的一間小屋子裏。有一天，潘扆跟了鄭匡國到郊外去打獵。鄭匡國的妻子到馬厩中看馬，順便到潘扆的房中瞧瞧，見房中四壁蕭然，床上只有一張草席，床邊有一個竹箱，此外便一無所有。鄭妻打開竹箱，見有兩枚錫丸，也不知有甚麼用處，頗覺奇怪，便蓋上箱子而去。潘扆歸來，大驚罵道：「這女人是甚麼東西！竟敢來亂動我的劍。幸虧我已收了劍光，否則她早已身首異處了。」

有人將這話去傳給鄭匡國。鄭匡國驚道：「恐怕他是劍客罷！」求他傳授劍術。潘扆道：「姑且試試。」和他同到靜院之中，從懷中摸出那兩枚錫丸來，放在掌中，過得不久，手指尖上射出兩道光芒，有如白虹，在鄭匡國的頭頸邊盤旋環繞，錚錚有聲不絕。鄭匡國汗下如雨，顫聲道：「先生的劍術神奇極了！在下今日大開眼界，嘆爲觀止矣。」潘扆哈哈一笑，引手以收劍光，復成錫丸。

鄭匡國上表奏稟南唐國主李昪。李昪召見潘扆，命他住在紫極宮中。潘扆過了數年，死在宮中。

吳淑的《江淮異人錄》中，也記有潘扆的故事。

潘扆是大理評事潘鵬的兒子，年輕時住在和州，常到山中打柴販賣，奉養父母。有一次過江到金陵，船停在秦淮口，有一老人求他同載過江。潘扆見他年老，便答應了。其時大雪紛紛，天寒地凍。潘扆買了酒和老人同飲。船到長江中流，酒已喝完了，潘扆道：「可惜酒買得少了，未能和老丈盡興。」老人道：「我也有酒。」解開頭巾，從髮髻中取出一個極小的葫蘆來，側過小葫蘆，便有酒流出。葫蘆雖小，但倒了一杯又一杯，兩人喝了幾十杯，小葫蘆中的酒始終不竭。潘扆又驚又喜，知道這位老丈是異人，對他更加恭敬了。到了對岸，老人對他說：「你孝養父母，身上又有道氣，孺子可教。」於是授以道術。潘扆此後的行逕便甚詭異，世人稱他爲「潘仙人」。

有一次他到人家家中，見池塘水面浮滿了落葉，忽然興到，對主人道：「我玩個把戲給你瞧瞧。」叫人將落葉撈了起來，放在地下，霎時之間，樹葉都變成了魚，大葉子成大魚，小葉子成小魚，滿地跳躍，把魚投入池塘，又都成爲落葉。

他抓一把水銀，在手掌之中捏得幾捏，攤開手掌，便已變成銀子。

有一個名蒯亮的人，有一次到親戚家作客，和幾個親友一起同坐聚談。潘扆經過門外，主人識得他，便邀他進來，問道：「想煩勞先生作些法術以娛賓，可以嗎？」潘扆道：「可以！」遊目四顧，見門外鐵匠鋪中有一鐵砧，對主人道：「用這鐵砧可以變些把戲。」主人便去借了來。潘扆從懷中取出一把小刀子，將鐵砧切成一片一片，便如是切豆腐一般，頃刻間將一個打鐵用的大鐵砧切成了無數碎片。座客盡皆驚愕。潘扆道：「這是借人家的，不可弄壞了它。」將許多碎片拼在一起，又變成一個完整無缺的大鐵砧。賓主齊聲喝采。

他又從衣袖中取出一塊舊的手巾來，說道：「你們別瞧不起這塊舊手巾。若不是眞有急事，求我相借，我才不借呢。」拿起手巾來遮在自己臉上，退了幾步，突然間無影無蹤，就此不見了。

一本書他從未看過的，卻能背誦。又或是旁人作的文稿，包封好了放在他面前，只要讀出文稿的第一個字，他便能一直讀下去，文稿中間有甚麼地方塗改增刪，他也一一照樣讀出來。諸如此類的行逕甚多，後來卻也因病而死。

洪州書生二十七
吾不能容書生心胸

二十七　洪州書生

成幼文做洪州（今江西南昌）錄事參軍的官，住家靠近大街。有一天坐在窗下，臨街而觀，其時雨後初晴，道路泥濘，見有一小孩在街上賣鞋，衣衫襤褸。忽有一惡少快步行過，在小孩身上一撞，將他手中所提的新鞋都撞在泥濘之中。小孩哭了起來，要他賠錢。惡少大怒，破口而罵，那裏肯賠？小孩道：「我家全家今天一天沒吃過飯，等我賣得幾雙鞋子，回家買米煮飯。現今新布鞋給你撞在泥裏，怎麼還賣得出去？」那惡少聲勢洶洶，連聲喝罵。

這時有一書生經過，見那小孩可憐，問明鞋價，便賠了給他。那惡少認爲掃他面子，怒道：「他媽的，這小孩向我討錢，關你屁事，要你多管閒事幹麼？」污言穢語，罵之不休。那書生怒形於色，隱忍未發。

成幼文覺這書生義行可嘉，請他進屋來坐，言談之下，更是佩服，當即請他吃飯，留他在家中住宿。晚上一起談論，甚爲投機。成幼文暫時走進內房去了一下，出來時那書生已不見了。大門卻仍關得好好的，到處尋他，始終不見，大爲驚訝。

不多時，那書生又進來，說道：「日間那壞蛋太也可惡，我不能容他，已殺了他！」一揮手，將那惡少的腦袋擲在地下。成幼文大驚，道：「這人的確得罪了君子。但殺人之頭，流血在地，豈不惹出禍來？」書生道：「不用躭心。」從懷中取出一些藥末，放在人頭上，拉住人頭的頭髮搓了幾搓，過了片刻，人頭連髮都化爲水，對成幼文道：「無以奉報，願以此術授君。」成幼文道：「在下非方外之士，不敢受教。」書生於是長揖而去。一道道門戶鎖不開、門不啓，書生已失所蹤。（出吳淑《江淮異人錄》）

殺人容易，滅屍爲難，因之新聞中有灶底藏屍、箱中藏屍、痲包藏屍等等手法。中國筆記小說中記載有一婦人，殺人後將屍體切碎煮熟，餵豬吃光，不露絲毫痕跡，恰好有一小偷躲在床底瞧見，否則永遠不會敗露。英國電影導演希治閣（即希區考克）所選謀殺短篇小說中，有一篇寫兇手將屍體切碎餵鷄，想法和中國古時那婦人暗合。王爾德名著《道靈格雷的畫像》中，兇手殺人後，脅迫化學師用化學物品毀滅屍體，手續既繁，又有惡臭，遠不及我國武俠小說中以藥末化屍爲水的傳統方法簡單明瞭。章回小說《七劍十三俠》中的一枝梅，殺人後以藥末化屍爲水。拙作《鹿鼎記》中，韋小寶亦以藥粉化屍爲水，硫酸、硝酸皆有不及。至於近代武俠小說和武俠電影，殺人盈野，行若無事，誰去管他屍體如何。

義俠二十八
殺君負心為君報恩

二十八　義俠

有一個仕人在衙門中做「賊曹」的官（專司捕拿盜賊，略如公安局長）。有一次捉到一名大盜，上了銬鐐，仕人獨自坐在廳上審問。犯人道：「小人不是盜賊，也不是尋常之輩，長官若能脫我之罪，他日必當重報。」仕人見犯人相貌軒昂，言辭爽拔，心中已答允了，但假裝不理會。當天晚上，悄悄命獄吏放了他，又叫獄吏自行逃走。第二天發覺獄中少了一名囚犯，獄吏又逃了，自然是獄吏私放犯人，畏罪潛逃，上司略加申斥，便即了案。

那仕人任滿之後，一連數年到處遊覽。一日來到一縣，忽聽人說起縣令的姓名，恰和當年所釋的囚犯相同，便去拜謁，報上自己姓名。縣令大驚，忙出來迎拜，正是那個犯人。縣令感恩念舊，殷勤相待，留他在縣衙中住宿，與他對榻而眠，隆重款待了十日，一直沒有回家。

那一日縣令終於回家去了。那仕人去廁所，廁所和縣令的住宅只隔一牆，只聽得縣令的妻子問道：「夫君到底招待甚麼客人，竟如此殷勤，接連十天不回家來？」縣令道：「這是大恩人到了。當年我性命全靠這位恩公相救，眞不知如何報答才是。」他妻子道：「夫君豈不聞大恩不報？何不見機而作？」縣令不語久之，才道：「娘子說得是。」

那仕人一聽，大驚失色，立即奔回廳中，跟僕人說快走，乘馬便行，衣服物品也不及攜帶，盡數棄在縣衙之中。到得夜晚，一口氣行了五六十里，已出縣界，驚魂略定，才在一家村店中借宿。僕從們一直很奇怪，不知爲何走得如此匆忙。那仕人歇定，才詳述此賊負心的情由，說罷長嘆，奴僕們都哭了起來。

突然之間，床底躍出一人，手持匕首。仕人大驚。那人道：「縣令派我來取君頭，適才聽到閣下述說，方知這縣令如此負心，險些枉殺了賢士。在下是鐵錚錚的漢子，決不放過這負心賊。公且勿睡，在下去取這負心賊的頭來，爲公雪冤。」仕人驚懼交集，唯唯道謝。此客持劍出門，如飛而去。

二更時分，刺客奔了回來，大叫：「賊首來了！」取火觀看，正是縣令的首級。刺客辭別，不知所往。（出《源化記》）

在唐《國史補》中，說這是汧國公李勉的事。李勉做開封尹時，獄囚中有一意氣豪邁之人，向他求生，李勉就放了他。數年後李勉任滿，客遊河北，碰到了故囚。故囚大喜迎歸，厚加款待，對妻子道：「恩公救我性命，該如何報德？」妻曰：「酬以一千足絹夠了麼？」曰：「不夠。」妻曰：「二千足夠了麼？」曰：「仍是不夠。」妻曰：「既是如此，不如殺了罷。」故囚心動，決定動手，他家裏的一名僮僕心中不忍，告訴了李勉。李勉外衣也來不及穿，立即乘馬逃走。馳到半夜，已行了百餘里，來到渡口的宿店。店主人道：「此間多猛獸，客官何敢夜行？」李勉便將情由告知，還沒說完，樑上忽然有人俯視，大聲道：「我幾誤殺長者。」隨即消失不見。天未明，那樑上人攜了故囚夫妻的首級來給李勉看。

這故事後人加以敷衍鋪叙，成爲評話小說，《今古奇觀》中〈李汧公窮途遇俠客〉寫的就是這故事。

李勉是唐代宗、德宗年間的宗室賢相，清廉而有風骨。代宗朝，他代黎幹（即前「蘭陵老人」故事中的主角）爲京兆尹（首都市長），其時宦官魚朝恩把持朝政，任觀軍容使（皇帝派在軍隊中的總代表、總政治部主任），即使是大元帥郭子儀也對他十分忌憚。這魚朝恩又兼管國子監（國立大學、高級幹部學校校長）。黎幹做京兆尹時，出力巴結他，每逢魚朝恩到國子監去巡視訓話，黎幹總是預備了數百人的酒飯點心去小心侍候。李勉即任時，魚朝恩又要去國子監了，命人通知他準備。李勉答道：「國子監是軍容使管的。如果李勉到國子監來，軍容使是主人，應當招待我。李勉忝爲京兆尹，軍容使若大駕光臨京兆衙門，李勉豈敢不敬奉酒饌？」魚朝恩聽到這話後，心中十分生氣，可又無法駁他，從此就不去國子監了。但李勉這京兆尹的官畢竟也做不長。

後來他做廣州刺史。在過去，外國到廣州來貿易的海船每年不過四五艘，由於官吏貪污勒索，外國商船都不敢來。《舊唐書・李勉傳》說：「勉性廉潔，舶來都不檢閱，故末年至者四千餘。」促進國際貿易，大有貢獻。他在廣州做官，甚麼物品都不買，任滿後北歸，舟至石門，派吏卒搜索他家人部屬的行李，凡是在廣州所買或是受人贈送的象牙、犀角等類廣東物品，一概投入江中。

德宗做皇帝，十分寵幸奸臣盧杞。有一天，皇帝問李勉道：「衆人皆言盧杞奸邪，朕何不知？卿知其狀乎？」對曰：「天下皆知其奸邪，獨陛下不知，所以爲奸邪也！」這是一句極佳的對答，流傳天下，人人都佩服他的正直。任何大奸臣，人人都知其奸，皇帝卻總以爲他是大忠臣。這可以說是分辨忠奸的簡單標準。（另有一說，這句話是李泌對德宗說的。）

去年初夏，我到加拿大去，途經美國洛杉磯，在「國賓酒店」住了兩晚，那正是羅勃・甘迺迪半年前被刺的所在。那兩晚正逢加州全州選美在該酒店舉行，電梯中、走廊上都是美女，目不暇給，很少有人談羅勃・甘迺迪。我忽然想：中國歷史上也有很多刺客，但刺客往往在事到臨頭之際，忽然同情指定被刺之人，因而下不了手，甚至於反過來相助對方。這種情形，外國刺客卻是極少有的。

聶隱娘是虛構的人物，那不算。刺王鐸的李龜壽是一個，本書第二十四圖「秀州刺客」是一個。此篇的「義俠」又是一個。最著名的，當是春秋時晉靈公派去刺趙盾的鉏麑。他潛入趙盾家中，見趙盾穿好了朝服準備上朝，天色尚早，便坐著閉目養神。鉏麑嘆曰：「不忘恭敬，民之主也。賊民之主，不忠；棄君之命，不信，有一於此，不如死也。」於是觸槐而死。（見《左傳》）《公羊傳》的說法略有不同，沒有記載刺客的名字。晉靈公派一名勇士去行刺趙盾。這勇士走進大門，不見有人把守；走進後院，不見有人把守；走進內堂，仍不見有人把守。他躍到牆頭窺探，見趙盾正在吃飯，吃的只有一味魚。勇士曰：「嘻，子誠仁人也。吾入子之大門，則無人焉；入子之閨，則無人也；上子之堂，則無人焉；是子之易也。子爲晉國重卿，而食魚餐，是子之儉也。君將使吾殺子，吾不忍殺子也。雖然，吾亦不可復見吾君矣！」於是刎頸而死。

東漢時隗囂命刺客殺杜林，刺客見杜林親自以木車推了弟弟的棺木回鄉，嘆曰：「當今之世，誰能行義？我雖小人，何忍殺義士？」自行逃去。（見《後漢書．杜林傳》）

東漢大將軍梁冀令刺客殺崔琦。刺客見崔琦手中拿了一卷書在耕田，耕一會田，便翻書閱讀，不忍相害，告知眞相，說道：「將軍令吾要子，今見君賢者，情懷忍忍，可

亟自逃。吾亦於此亡矣！」可惜梁冀後來還是派了別的刺客殺了崔琦。（見《後漢書．崔琦傳》）

劉備做平原相時，當地有個名叫劉平的人，素來瞧不起劉備，恥於受他治理，便派人行刺。刺客不忍下手，語之而去。（見《三國志蜀志．先主傳》）

東晉時劉裕篡位自立，派沐謙混到司馬楚之手下，設法刺殺。司馬楚之待他很好。有一晚沐謙假裝生病，料知司馬楚之必來探問，準備就此加害。楚之果然親自拿了湯藥去探病，情意甚殷。沐謙大為感動，從席底取出匕首，將劉裕派他來行刺的事說了，並勸他以後要多加保重，不可太過相信別人，免遭凶險。司馬楚之嘆道：「我若嚴加戒備，雖有所防，恐有所失。」意思說安全是安全了，只怕是失了人才。沐謙以後便竭誠為他盡力。（見《魏書．司馬楚之傳》）

這一類的事例甚多。漢陽琳刺客不殺蔡中郎、唐承乾太子刺客不殺于志寧、淮南張顥刺客不殺嚴可求、西夏刺客不殺劉錡等等皆是，事跡內容也都大同小異。（此文作於一九六九年）

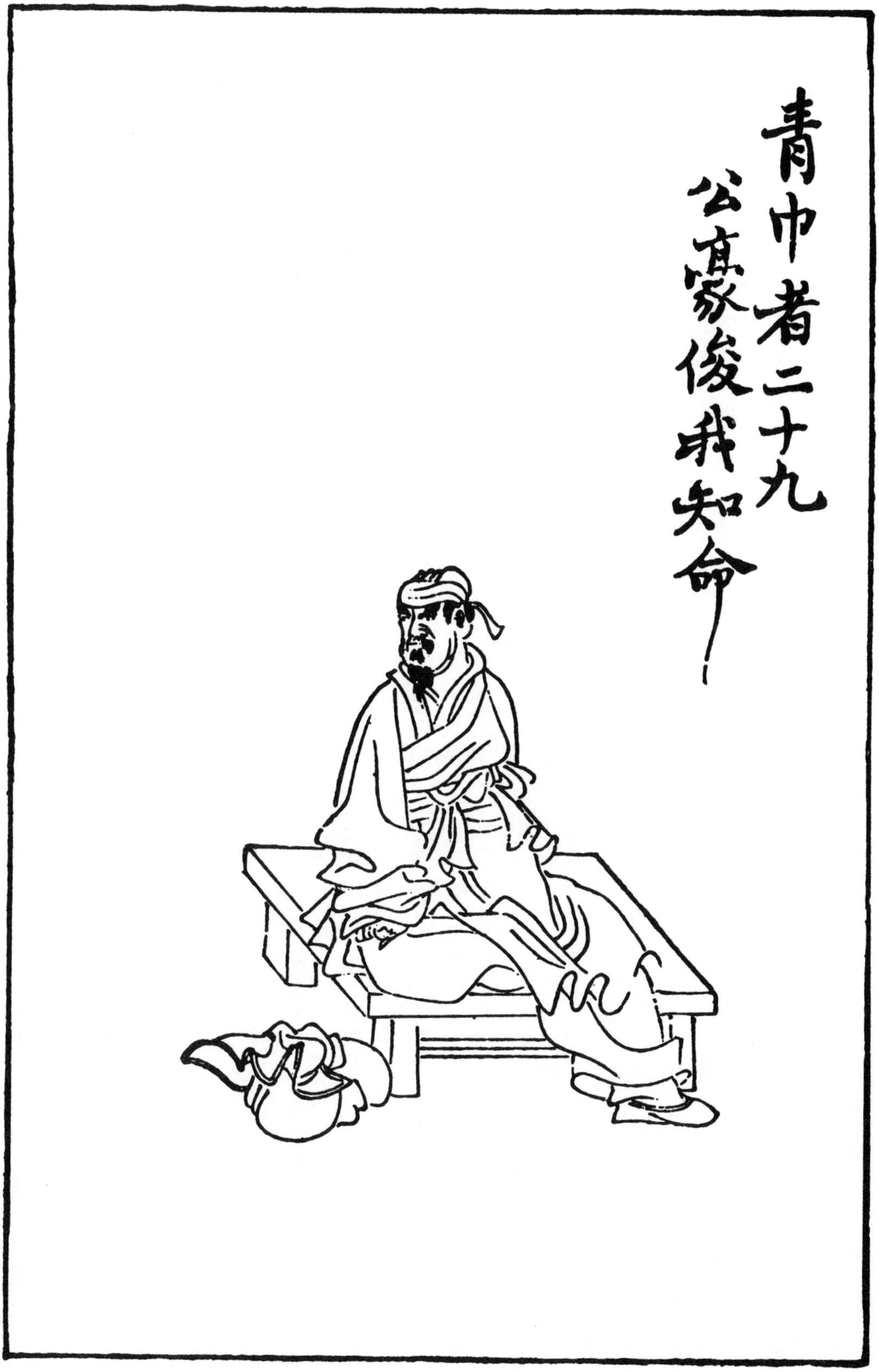
青巾者二十九
公蒙俊我知命

二十九　青巾者

任愿，字謹叔，京師人，年輕時侍奉父親在江淮地方做官。他讀過一些書，性情淳雅寬厚，繼承了遺產，家道小康，平安度日，也沒有甚麼大志，不汲汲於名利。

熙寧二年，正月十五元宵佳節，任愿出去遊街。但見人山人海，車騎滿街，擁擠不堪。他酒飲得多了，給閒人一擠，立足不定，倒在一個婦人身上。那婦人的丈夫大怒，以爲他有意輕薄，調戲自己妻子，拔拳便打。任愿難以辯白，也不還手招架，只好以衣袖掩面挨打。那人越打越兇，無數途人都圍了看熱鬧。

旁觀者中有一頭戴青巾之人，眼見不平，出聲喝止，毆人者毫不理睬。青巾者大怒，一拳將毆人者擊倒，扶著任愿走開。衆閒人一鬨而散。任愿謝道：「與閣下素不相識，多蒙援手。」青巾者不顧而去。

數日後，任愿在街上又遇到了那青巾者，便邀他去酒店喝酒。坐定後，見青巾者目光如電，毅然可畏。飲了良久，任愿又謝道：「前日見辱於市井庸人，若不是閣下豪傑之士，誰肯仗義相助？」青巾者道：「小事一樁，何足言謝？後日請仁兄再到此一敘，由兄弟作個小東，務請勿卻。」當下相揖而別。

屆時任愿去那酒店，見青巾者已先到了，兩人揀了清靜的雅座坐定，對飲了十幾杯。青巾者道：「我乃刺客，有一大仇人，已尋了他數年，今日怨氣方伸。」於腰間取出一隻黑色皮囊，從囊中取出一個首級，用刀子將腦袋上的肉片片削下，一半放在任愿面前的盤中，笑道：「請用，不要客氣。」任愿驚恐無已，不知所措。青巾者將死人肉吃得乾乾淨淨，連聲勸客，任愿辭不能食。青巾者大笑，伸手到任愿盤中，將人肉抓過來又吃。食畢，用短刀將腦骨削成碎片，如切朽木，把碎骨棄在地下，再無人認得出這是死人的頭骨。

青巾者道：「我有術相授，你能學麼？」任愿道：「不知何術？」青巾者道：「我能以藥點鐵成金，點銅成銀。」任愿道：「在下在市上有一間先父留下來的小店，每日可賺一貫錢。我數口之家，冬天穿棉，夏天穿葛，酒肉無憂，自覺生活如此舒適，已然過份，常恐遇禍，怎敢再學先生的奇術？還望見諒。」青巾者嘆服，說道：「像這樣安份知命，毫不貪得之人，眞是少有。你應當長壽才是。」取出一粒藥來，道：「服此藥後，身強體壯，百鬼不近。」任愿和酒服了。兩人直飲到深夜方散，以後便沒再見他。（出《青瑣高議》）

青巾者吃仇人之肉的情節，有點像虯髯客。

淄川道士三十
髑髏儘癡劍仙如斯

三十　淄川道士

有一個名叫姜廉夫的人，一晚剛就枕安睡，聽得喝道之聲，一輛轎子忽然在堂前出現。轎中走出一名絕色女子，上堂向姜廉夫的母親盈盈下拜，說道：「妾和郎君有姻緣之分，願請一見。」姜廉夫聽到了，欣然起身相見。他妻子見場面尷尬，便要避開。那女子道：「不要因我之故而令你們夫妻疏遠，請姊姊不可見怪。」姜妻見她溫柔可親，心中很有好感。兩人情如姊妹，相親相愛。姜廉夫大享齊人之福。那女子對姜母服侍得尤其恭敬周到，全家上下，個個都喜歡她。

到了端午節的前夕，那女子在一晚之間，做了一百個綵絲繡花荷包，繡功十分精致，人物、花草、題字，都繡了出來，便如是名家的書畫一般，分送給親戚。得到的人無不讚嘆，大家都稱她爲「仙姑」。

過了不久，那女子忽向姜母道：「婆婆，媳婦面臨大難，要到別地一避。」拜了幾拜，出門而去。姜家全家都很驚惶，爲她擔憂，不知她有何災難，是否能夠避過。

便在此時，有一名道人來到姜家，問姜廉夫道：「你滿面都是晦氣之色，奇禍將至，那是甚麼緣故？」姜廉夫將經過情形都對他說了。道士命他在淨室中預備一張榻。第二天道士又來，叫姜廉夫在榻上安臥，不可起身，又叮囑家人上午千萬不可開門，到正午才開。

過了良久，姜廉夫忽覺寒氣逼人，只聽得刀劍相交之聲錚錚不絕。他心中大懼，蒙被而睡，猛聽得砰的一聲，有物墜入榻底，他也不敢去看。到得正午，姜家開門，道士來到，姜廉夫出門相迎。道士笑道：「危險過去了！」同去看榻下所墜之物，卻是一個髑髏（骷髏頭，髑音獨），有五斗的米斛那麼大。道士從藥箱中取出藥末，撒在髑髏上，髑髏便即化而為水。

姜廉夫問：「那是甚麼怪物？」道士道：「我和那美貌女子都是劍仙。這女子先和一人相好，忽然拋棄了他，來跟你相好。那人大是憤怒，要來殺你二人。我和那女子一向很有交情，因此出力救你。總算僥倖成功，我去也！」

道士剛去，女子便即回來，與姜廉夫同居如初。（出《誠齋雜記》）

女劍仙水性楊花，男劍仙爭風吃醋，都不成話。所以任渭長的評語說：「髑髏儘癡，劍仙如斯！」

俠婦人三十一

黃金何勞不如衲袍

三十一　俠婦人

董國慶，字元卿，饒州德興（在今江西省）人，宋徽宗宣和六年進士及第，被任為萊州膠水縣（在今山東省）主簿（祕書長）。其時金兵南下，北方交兵，董國慶獨自一人在山東做官，家眷留在江西。中原陷落後，無法回鄉，棄官在鄉村避難，與寓所的房東交情很好。房東憐其孤獨，替他買了一妾。

這妾侍不知是那裏人，聰明美貌，見董國慶貧困，便籌劃賺錢養家，盡家中所有資財買了七八頭驢子、數十斛小麥，以驢牽磨磨粉，然後騎驢入城出售麵粉，晚上帶錢回家。每隔數日到城中一次。這樣過了三年，賺了不少錢，買了田地住宅。

董與母親妻子相隔甚久，音訊不通，常致思念，日常鬱鬱寡歡。妾侍好幾次問起原因。董這時和她情愛甚篤，也就不再隱瞞，說道：「我本是南朝官吏，一家都留在故鄉，只有我孤身漂泊，茫無歸期。每一念及，不禁傷心欲絕。」妾道：「為何不早說？我有一個哥哥，一向喜歡幫人家忙，不久便來。到那時可請他為夫君設法。」

過了十來天，果然有個長身虬髯的人到來，騎了一匹高頭大馬，帶著十餘輛車子。妾道：「哥哥到了！」出門迎拜，使董與之相見，互敘親戚之誼，設筵相請。飲到深夜，妾才吐露董日前所說之事，請哥哥代籌善策。

當時金人有令，宋官逃匿在金國境內的必須自行出首，坦白從寬，否則給人檢舉出來便要處死。董已洩漏了自己身分，疑心二人要去向官府告發，既悔且懼，抵賴道：「沒有這會事，全是瞎說！」

虬髯人大怒，便欲發作，隨即笑道：「我妹子和你做了好幾年夫妻，我當你是自己骨肉一般，這才決心干冒禁令，送你南歸。你卻如此見疑，要是有甚麼變化，豈不是受你牽累？快拿你做官的委任狀出來，當作抵押，否則的話，天一亮我就縛了你送官。」董更加害怕，料想此番必死無疑，無法反抗，只好將委任狀取出交付。虬髯人取之而去。董終夜涕泣，不知所措。

第二天一早，虬髯人牽了一匹馬來，道：「走罷！」董國慶又驚又喜，入房等妾同行。妾道：「我眼前有事，還不能走，明年當來尋你。我親手縫了一件衲袍（用布片補綴縫拼而成的袍子）相贈。你好好穿著，跟了我哥哥去。到南方後，我哥哥或許會送你數十萬錢，你千萬不可接受，倘若非要你收不可，便可舉起衲袍相示。我曾於他有恩，他這次送你南歸，尚不足以報答，還須護送我南來和你相會。萬一你受了財物，那麼他認為已足夠報答，兩無虧欠，不會再理我了。你小心帶著這件袍子，不可失去。」

董愕然，覺得她的話很古怪，生怕鄰人知覺報官，便揮淚與妾分別。上馬疾馳，來到海邊，見有一艘大船，正解纜欲駛。虬髯人命他即刻上船，一揖而別。大船便即南航。董囊中空空，心下甚窘，但舟中人恭謹相待，敬具飲食，對他的行蹤去向卻一句也不問。

舟行數日，到了宋境，船剛靠岸，虬髯人早已在水濱相候，邀入酒店洗塵接風，取出二十兩黃金，道：「這是在下贈給太夫人的一點小意思。」董記起妾侍臨別時的言語，堅拒不受。虬髯人道：「你兩手空空的回家，難道想和妻兒一起餓死麼？」強行留下黃金而去。董追了出去，向他舉起衲袍。虬髯人駭詫而笑，說道：「我果然不及她聰明。唉，事情還沒了結，明年護送美人兒來給你罷。」說著揚長而去。

董國慶回到家中，見母親、妻子、和兩個兒子都安好無恙，一家團圓，歡喜無限，互道別來情由。他妻子拿起衲袍來細看，發覺布塊的補綴之處隱隱透出黃光，拆開來一看，原來每一塊縫補的布塊中都藏著一片金葉子。

董國慶料理了家事後，到京城向朝廷報到，被升為宜興尉。第二年，虬髯人果然送了他愛妾南來相聚，此後一家和諧偕老。

丞相秦檜以前也曾陷身北方，與董國慶可說是難友，所以特加照顧，將董國慶失陷在金國的那段時期都算作是當差的年資，不久便調他赴京升官，辦理軍隊糧餉的事務，數月後便死了。他母親汪氏向朝廷呈報，得自宣教郎追封，升爲朝奉郎，並任命他兒子董仲堪爲官，那是紹興十年三月間之事。（出洪邁《夷堅志》）

故事中提到了秦檜。乘這機會談談這個歷史上有名的奸相。

秦檜，字會之，建康（今南京）人。在靖康年間，他是有名的主戰派。皇帝派他隨同張邦昌去和金人講和，秦檜道：「是行專爲割地，與臣初議矛盾，失臣本心。」堅決不去。後來金人要求割地，皇帝召開廷議，重臣大官中七十人主張割地，三十六人反對，秦檜是這三十六人的首領。

後來金兵南下，汴京失守，徽欽二帝被擄，金人命百官推張邦昌爲帝，「百官軍民皆失色不敢答」。秦檜大膽上書，誓死反對，其中說道：「檜荷國厚恩，甚愧無報，今金人擁重兵，臨已拔之城，操生殺之柄，必欲易姓，檜盡死以辨。」書中大罵張邦昌：「張邦昌在上皇時，附會權倖，共爲蠹國之政。社稷傾危，生民塗炭，固非一人所致，亦邦昌爲之也。天下方疾之如仇讎，若付以土地，使主人民，四方豪傑必共起而誅之。」書中又稱：「必立邦昌，則京師之民可服，天下之民不可服；京師之宗子可滅，天下之宗子不可滅。檜不顧斧鉞之誅，言兩朝之利害，願復嗣君位，以安四方。」在那樣的局面之下，敢於發如此大膽的議論，確是極有風骨，天下聞之，無不佩服。

後來金人終於立張邦昌爲帝，擄了秦檜北去。

秦檜被俘虜這段期間，到底遭遇如何，史無可考，但相信一定是大受虐待，終於抵抗不了威脅，屈膝投降。一般認爲，他所以得能全家南歸，是金人暗中和他有了密約，放他回來做奸細的。金人當然掌握了他投降的證據和把柄，使他無法反悔，從此終身成爲金國的大間諜。由於他以前所表現的氣節，所以一到朝廷，高宗就任他爲禮部尚書。

秦檜當權時力主和議，但眞正決定和議大計的，其實還是高宗自己。當時文臣武將，大都反對與金人講和。《宋史・秦檜傳》有這樣一段記載：紹興八年「十月，宰執入見，檜獨身留言：『臣僚畏首尾，多持兩端，此不足與斷大事。若陛下決欲講和，乞專與臣議，勿許羣臣預。』帝曰：『朕獨委卿。』檜曰：『臣亦恐未便，望陛下更思三日，容臣別奏。』又三日，檜復留身奏事。帝意欲和甚堅，檜猶以爲未也，曰：『臣恐別有未便，欲望陛下更思三日，容臣別奏。』帝曰：『然。』又三日，檜復留身奏事如初，知上意確不移，乃出文字，乞決和議，勿許羣臣預。」

這段文字記得清清楚楚，說明了誰是和議的眞正主持人。一般所謂奸臣，是皇帝胡塗，奸臣弄權。但高宗一點也不胡塗，秦檜只是迎合上意，乘機攬權，至於殺岳飛等等，都不過是執行高宗的決策，而這樣做，也正配合了他作爲金國大間諜的任務。

周密的《齊東野語》中，記述了兩個大官拍秦檜馬屁的手法，可看到當時官場的風氣：

方德帶兵駐在廣東，特製了一批蠟燭，燭裏藏以名貴香料，派人送給秦檜，厚賄相府管家，請他設法讓秦檜親自見到。管家叫使者在京等候機會。有一日，秦檜宴客，大張筵席之際，管家稟告：「府中蠟燭點完了，恰好廣東經略送了一盒蠟燭來，還未敢開。」秦檜吩咐開了來點，蠟燭一燃，異香滿堂，衆賓大悅。秦檜見此燭貴重，一點其數，共是四十九枝，心下奇怪爲何不是整數，叫送禮的使者來問。使者道：「經略專門造了這批蠟燭獻給相爺，香料難得，共只造了五十枝，製成後恐怕不佳，點了一枝試驗，所以只賸了四十九枝。數目零碎，但不敢用別的蠟燭充數。」秦檜大喜，認爲方德奉己甚專，又不敢相欺，不久便升他的官。

另有一個鄭仲，在四川做宣撫使。秦檜大起府第，高宗親題「一德格天」四字，作爲樓閣的匾額。格天閣剛剛完工，鄭仲的書信恰好到來，呈上地毯一條，極盡華貴之能事。秦檜命將地毯鋪在格天閣中，不料大小尺寸竟絲毫不錯，剛好鋪滿。秦檜默然不語，心下大爲不滿，過不多時，便借故將鄭仲撤職查辦。鄭仲造這條地毯，當然是事先暗中查明了格天閣地板的大小尺寸。秦檜自己是大特務頭子，對於鄭仲這種調查窺察他私事的特務手段，自是十分憎惡。

秦檜一直到死，始終得高宗的信任寵愛，自然是深通做官之道。《鶴林玉露》中記載有一個小故事：秦檜夫人到宮內朝見，皇太后說起近來很少吃到大的子魚（當時是杭州最名貴的魚，今日在杭州仍極珍貴）。秦夫人說：「臣妾家裏倒有，明天呈奉一百條來給太后。」回家後告知了丈夫。秦檜大急，知道這一下可糟了，皇太后吃不到好魚，自己家裏卻隨隨便便就拿出一百條來，豈不是顯得自己的享受比皇帝、皇太后還好得多？秦檜的妻子王氏生性陰險，傳說她參與殺岳飛之謀，以「捉虎易，放虎難」六字，促使秦檜下定決心，終於害死岳飛，然而講到做官的法門，究竟不及老奸巨猾的丈夫了。秦檜仔細思量一番之後，終於想出了一條妙計，第二天送了一百條青魚進宮去。青魚是普通的賤魚。皇太后哈哈大笑，說道：「我早說這秦老太婆是鄉下人，沒見過世面，果然不錯。青魚和子魚形狀有些相似，味道可大不相同，只不過魚身大而已。」這件趣事自必傳入皇帝耳中，母子兩人取笑秦檜是鄉下人之餘，覺得他忠厚老實，生活樸素，對他自又多了幾分好感。倘若送進宮去的眞是一百條子魚，秦檜的相位不免有些危險了。

秦檜當國凡十九年，他任內自然是壞事做盡。據《宋史・秦檜傳》所載，有不少作爲是很具典型性的。《宋史》是元朝右丞相脫脫等所修，以異族人的觀點寫史，不至於故意揑造事實來毀謗秦檜。下面是〈秦檜傳〉中所記錄的一些事例。

高宗和金人媾和，割地稱臣，民間大憤。太學生張伯麟在壁上題詞：「夫差，爾忘越王殺爾父乎？」有人告發，張伯麟給捉去打板子，面上刺字，發配充軍。夫差之父與越王戰，受傷而死，夫差爲了報仇，派人日夜向他說這句話，以提高復仇的決心。張伯麟在壁上題這句話，當然是借古諷今，譏刺高宗忘了父親徽宗爲金人所擄而死的奇恥大辱。

秦檜下令禁止士人撰作史書，於是無恥文人紛紛迎合。司馬光的不肖曾孫司馬伋上書，宣稱《涑水紀聞》一書，不是他曾祖的著作（其實確是司馬光的史學著作）。吏部尚書李光的子孫，將李光的藏書萬卷都燒了，以免惹禍。可是有一個名叫曹泳的人，還是告發李光的兒子李孟堅，說他讀過父親所作的私史，卻不自首坦白。於是李孟堅被罰充軍，朝中大官有八人受到牽累。曹泳卻升了官。

「察事之卒，布滿京城，小涉譏議，即捕治，中以深文。」所謂「中以深文」，即以胡亂羅織的重罪罪名，加在亂說亂講之人的身上。

有一個名叫何溥的人，迎合秦檜，上書說程頤、張載這些大理學家的著作是「曲學」，須「力加禁絕」，「人無敢以爲非」。

許多文人學士紛紛撰文作詩，歌頌秦檜的功德，稱爲「聖相」。若是拿他來和前朝賢相相比，便認爲不夠，必須稱之爲「元聖」。秦檜「晚年殘忍尤甚，數興大獄，而又喜諛佞，不避形跡。」不論讚他如何如何偉大英明，他都毫不怕醜，坦然而受，視爲當然。「凡一時獻言者，非誦檜功德，則訐人語言，以中傷善類。欲有言者，恐觸忌諱，畏言國事。」

「一時忠臣良將，誅鋤略盡。其頑鈍無恥者率爲檜用，爭以誣陷善類爲功。其矯誣也，無罪可狀，不過曰『謗訕』、曰『指斥』、曰『立黨沽名』、甚則曰『有無君心』。」

說人內心不尊敬皇帝，也算是罪狀。

《續資治通鑑》中說秦檜「初見財用不足，密諭江浙監司暗增民稅七八，故民力重困，饑死者衆。又命察事卒數百游市間，聞言其奸惡者，即捕送大理獄殺之；上書言朝政者，例貶萬里外。日使士人歌誦太平中興之美。士人稍有政聲名譽者，必斥逐之。」又說他「喜贓吏，惡廉士……貪墨無厭……故贓吏恣横，百姓愈困。」

善政有「道統」，惡政也有「道統」。

解洵婦 三十二

去何害妬可怪

三十二　解洵婦

解洵前半段的遭遇，和「俠婦人」中的董國慶很相似。他也是宋朝的官吏，北方土地淪陷後，陷在金人佔領區中，無法歸鄉，很是痛苦，後來得人介紹，娶了一妾。那妾帶來了不少錢，解洵才有好日子過。有一年重陽日，他思念前妻，落下淚來。那妾很是同情，便替他籌劃川資，一同南歸。那妾很能幹，一路上關卡盤查，水陸風波，都由她設法應付過去。

回到家後，解洵的哥哥解潛已因軍功而做了將軍，有勢有錢。兄弟相見，十分歡喜。解潛送了四個婢女給弟弟。解洵喜新厭舊，寵愛四婢，疏遠冷落了那妾。一天，解洵和妾飲酒，兩人都有了醉意，言語衝突起來。那妾道：「當年你流落北方，有一餐沒一餐的，如沒有我，這時候早餓死了。今日一旦得志，便忘了從前恩義，那不是大丈夫之所爲。」解洵大怒，三言兩語，便出拳打去。那妾只是冷笑，也不還手。解洵仍不住亂打亂罵。

那妾站起身來，突然之間，燈燭齊熄，寒氣逼人，四名婢女都嚇得摔倒在地。過了良久，點起燈燭看時，見解洵死在地下，腦袋已遭割去。那妾卻已不知去向。

解濳得報大驚，派了三千名官兵到處搜捕，始終不見下落。

這位女劍客，對丈夫是很好的，不過妒忌心很重，容不得丈夫移情別愛。解洵動手打人，忘恩負義，德行有虧。

解濳是南宋初年的好官，紹興年間做荊南鎭撫使，募人開墾荒田，成績甚好，增加了大量糧食生產，是南宋墾荒屯田政策的創導者。他病重時，張九成去探望。解濳流淚說：「我生平立誓要和金賊戰死於疆場之上，那知不能如願。」說罷就死了。

張九成是南宋的忠義名臣，爲人正直，畢生和秦檜作對。秦檜當權時，張九成被貶在南安，到秦檜死後才出來做官，後來追贈太師。他旣和解濳交好，可見解濳也是忠義之士。

張九成是杭州人，紹興壬子年狀元。對策時論到劉豫（金人設立的傀儡皇帝）說：「臣觀金人有必亡之勢，中國有必興之理。夫好戰必亡，失其故俗必亡，人心不服必亡，金皆有焉。劉豫背叛君親，委身夷狄，黠雛經營，有同兒戲，何足慮哉？」這篇策論傳到了汴梁，劉豫見了大恨，派刺客來行刺，但張九成不以爲意，時人都佩服他的膽識。

這篇策論卻也引起了一個可笑謠言。有一天高宗向羣臣說：「有人從汴梁逃回來，說張九成在劉豫那裏做官，眞是奇怪。」一個臣子奏稱：「張九成在鹽官縣（今浙江海寧）做官，離杭州不到一百里，兩天前還剛有文書來。」原來張九成那篇策論痛罵劉豫，在汴梁傳誦很廣，有人一知半解，把劉豫和張九成兩個名字拉在一起，以爲張九成在劉豫手下做官。

張九成狀元及第後，第二年娶馬氏爲繼室。馬氏是寡婦，生有個兒子，再嫁後孩子由祖母龔氏撫養。馬氏嫁給張九成後過得兩年逝世。張九成去會見龔氏，照料妻子和前夫所生的兒子。龔氏老太太逝世後，張九成替她作墓志，詳細叙述馬氏再嫁的事實，並不諱言。時人都佩服他的坦白和厚道。（見《畫影》）他的作風和解洵剛好是兩個極端。

角巾道人三十三
足一醉無罣礙

三十三　角巾道人

浙江衢州人徐逢原，住在衢州峽山，少年時喜和方外人結交。有一個道士，名叫張淡道人，在他家中住，巾服蕭然，只戴一頂青色角巾，穿一件夾道袍，並無內衣，雖在隆冬，也不加衣。每逢明月之夜，攜鐵笛至山間而吹，至天曉方止。

徐逢原學易經，有一次閉門推演大衍數，不得其法。張淡道人在隔室叫道：「秀才，這個你是不懂的，明天我教你罷。」第二天便教他軌析算步之術，凡是人的生死時日，以及用具、草木、禽獸的成壞壽夭，都能立刻推算出來，和後來的結果相對照，絲毫不差。

這道人最喜飲酒，時時入市竟日，必大醉方歸，囊中所帶的錢，剛好足夠買醉，日子過得無掛無礙。人家都說他有燒銅成銀之術。徐逢原要試他酒量到底如何，請了四個酒量極好之人來和他同飲，自早飲到晚，四人都醉倒了，張淡還是泰然自若，回到室中。有人好奇去偷看，只見他用腳勾住牆頭，頭下足上的倒掛在牆上，頭髮散在一隻瓦盆之中，酒水從髮尾滴瀝而出，流入瓦盆。

道人有一幅牛圖，將圖掛在牆上，割了青草放在圖下，過了半天去看時，青草往往已被牛吃完了，或者是吃了一大半，而圖下有許多牛糞。

道人有一徒弟，是個頭陀。有一次張淡道人將那幅牛圖送了給他，又命他買火麻四十九斤，絞成大索，囑咐道：「我將死了，死後勿用棺材殮葬，只用火麻繩將我屍身從頭至腳的密密纏住，在羅漢寺寺後空地掘一個洞埋葬。每過七天，便掘開來瞧瞧。」頭陀答應了。果然道人不久便死，頭陀依照指示辦事，過了七日，掘開來看，見道人的屍體面色紅潤。如此每過七日，就發掘一次，到四十九日後第七次掘開來時，穴中只餘麻繩和一雙破鞋，屍身已不見了。

徐逢原曾贈他一首詩，曰：「鐵笛愛吹風月夜，夾衣能禦雪霜天。伊予試問行年看，笑指松筠未是堅。」張淡道人用一匹絹來寫了這首詩，筆力甚偉。（出洪邁《夷堅志》）

這張淡道人只不過是方士之類的人物，並不是甚麼劍客。

《劍俠傳》中的故事，講的是另一位「角巾道人」。京師人郭倫，元宵節帶同家人出外觀燈，回家時天已很夜了，經過一條小巷，逢到十餘個不良少年，手臂相挽，大聲唱歌而來，喧嘩嘻笑，對婦女口出不遜言語，攔住了路，不讓他們走過。郭倫見對方人多勢衆，無法抵抗，甚爲窘迫。忽有一個身穿青衣、頭戴角巾的道人過來，責備這批惡少說：「人家家眷夜歸，你們怎可無禮？」衆惡少大怒，說道：「我們自己喜歡開開玩笑，跟你這臭道士有甚麼相干？」大家衝上來要打他。一衆婦女乘機避開，只有郭倫獨自留下來要幫那道人打架。

那道人也發怒了，喝道：「你們眞要打人嗎？我今天來教訓教訓你們。」出手打去，對方全無抵抗之能。道人搏擊惡少，就像毆打嬰兒一般，片刻之間，打得衆惡少或倒地不起，或叫痛逃走。道人拍拍手，慢慢走了。

郭倫忙追上去拜謝，說與先生素不相識，竟蒙救援，使妻妹得脫危難，不知如何報答才好。那道人說：「我本無心，偶然碰到不平的事，不能不出手。我於世間，一無所求，不求報答，只要能請我喝一場酒，能一醉便夠了。」郭倫大喜，邀他回家，置酒痛飲。道人辭去，郭倫問：「先生去那裏？」道人說：「我是劍俠，不是普通人也！」擲下酒杯，長揖出門，走得幾步，耳中鏗然有聲，有一柄劍跳了出來，跌在地下。那道人騎在劍上，長劍飛起，帶著道人騰空而去。這故事與第二十九圖「靑巾者」有些相似。

俠客行. 4,越女劍 / 金庸作. -- 二版. -- 臺北市：
遠流, 2019.04
面； 公分. --(大字版金庸作品集；54)
大字版
ISBN 978-957-32-8498-7 (平裝)

857.9 108003408